小婦人

總導讀

打開世界文學經典，進入生命的另一個層次！

——新樹幼兒圖書館 館長 蔡幸珍

文學經典之所以成為經典，是因為這些世界名著經過時間的淘洗與淬煉之後，能歷久不衰並轉化成各種形式的「變裝」，例如：卡通、電影、芭蕾舞蹈、音樂、漫畫、手機遊戲、桌遊……等，繼續活躍在這世界的舞台上。

時代會變，社會在進步，科技也以十倍速更新，然而亙古以來的人性卻沒有顯著的變化，幾百年前能感動、震撼、取悅、療癒人心的世界名著，在幾百年後，依然能深深打動世人。

完整的文學經典出版計畫

小木馬文學館這一系列的世界文學經典作品，是由日本第一流的兒童文學研究家，以及國內的傑出譯者以生動活潑的現代語言譯寫，並且附有詳細的注釋、彩頁插畫、作者介紹、人物關係圖、故事場景和地圖……等等。從這些規畫與細節，可以看到編輯群的用心與貼心。

每個時代的生活用語與文物不盡相同，書中圖文並茂的注釋讓讀者能跨越時空、地理與文化的差異，減少與文字的距離和陌生感，更容易進入故事的時空情境當中。書中的介紹讓讀者了解作者的生平與創作背後的故事；人物關係圖釐清了解各個角色之間的關係，譬如：《希臘神話》中的哪個天神和誰生下了誰，誰又是誰的兄弟姊妹，這個英雄又有何來頭，天神之間錯綜複雜的關係，一張人物關係圖就能幫助讀者腦筋不打結；故事場景和地圖則提供清晰的地理線索，不論是將來實地去故事誕生之地拜訪遊玩，或是在腦海中遨遊都格外有趣。這些林林總總的補充資料，我稱它們為「作品懶人包」，讓讀者無需上網一一去搜尋相關的背景資料，提供了一條深入了解作品的捷徑。

體驗經典的文字魅力

閱讀小木馬文學館一本又一本的世界名著時，我彷彿坐上時光機，回憶起與這些「變裝」後的世界名著相遇的點點滴滴。

《湯姆歷險記》以卡通的型態出現在老三臺的電視裡，吹著口哨的湯姆計誘朋友以珍藏的寶貝來換取刷油漆的工作，湯姆．索耶聰明淘氣的形象深深的烙印在我的腦海中；《紅髮安妮》每隔十幾年就被翻拍成電視劇或是電影《清秀佳人》；《格列佛遊記》藏身在國小的課文中，一年又一年，格列佛在課本裡，全身被釘住，上百支箭射向他；我在舞台上遇見了《莎士比亞故事精選集》中的羅密歐與茱麗葉；《悲慘世界》以音樂劇的形式在我的心中投下震憾彈；《偵探福爾摩斯》則讓年少的我躺在涼椅上抱著書不放，度過一整個暑假。我與希臘眾神的相遇則是在台東大學兒童文學研究所的「神話與童話」課堂中、在希臘愛琴海上的克里特島上。

小時候的我，看過「變裝」後的世界名著，現在再讀小木馬文學館以「書」的形式登場的這些名著時，著實被這些作品的文字魅力深深吸引住。「書」和卡通、電視電影等影音媒體大大不同，以水果來比喻的話，書就是水果，而卡通、電影是果汁。看書像是吃原味的水果，而看卡通、電影就像喝果汁，有些營養素不見了，口感也不同了！

比方說，在《湯姆歷險記》卡通裡，看不到馬克．吐溫寫的「不好的回憶就像寫在海灘上的字，幸福的大浪一捲來，馬上就消失無蹤。」在《清秀佳人》卡通裡，看不到「我現在來到人生的轉角了，雖然走過轉角後不知道前方會有什麼在等待著，但我相信一定是燦爛美好的未來，這又是另一種樂趣了。」這樣精采的字句，因此我誠心建議曾經與「變裝」世界名著相遇的人，千萬別錯過原著的文字世界。

閱讀，讓生命變得不同

小木馬文學館將這一系列世界名著的定位為「我的第一套世界文學——在故事中體驗冒險、正義、愛、歡笑與淚水」，兼具趣味性、易讀性、知識性、文學性，並展演出各式各樣的人性，冀望能為小讀者開啟人生第一道文學之門。我也極力推薦大人們和小朋友一起閱讀這系列書，一起聊聊書，在書中探索人心的神祕、奧妙與幽微之處，也一起認識這世界的種種不幸與美好。

法國的符號學者羅蘭．巴特說：「閱讀不是逐字念過而已，而是從一個層次進入另一個層次的過程。」

我也認為閱讀是一種化學變化，讀一本書之前和讀了一本書之後，讀者的生命將變得和原本不一樣了。看《悲慘世界》時，可以看到未婚生子的女工在底層環境裡養育孩子的辛苦，了解社會底層人士的生活樣貌；讀了《紅髮安妮》之後，也可以學習安妮正向樂觀的生活態度，對生活保持高度好奇心，並對周遭世界施以想像的魔法，讓世界變美麗！看《湯姆歷險記》時，才知道在現實生活中自己可能是乖乖牌席德，但內心其實很想扮演湯姆．索耶，偶爾淘氣、搗蛋、半夜去冒險。

書本能誘發我們的人生成長，而經典更絕對是最佳的催化劑。打開書吧，讓我們透過一本本世界文學經典的引領，進入生命的另一個層次！

前言

親情、手足之愛、鄰居友情構成的幸福時光

《小婦人》是以十九世紀後半的美國為背景所寫的故事。

作者露意莎・梅・奧爾科特，一八三二年生於美國東部的日耳曼頓，她的父親是位教育家，她在以父親為中心的一群文人的圍繞下，度過了物質貧瘠但心靈富足的少女時代。奧爾科特女士後來回顧童年曾說：「那是我最幸福的時光」。她將那個時代他們一家人的一年生活寫成了一部長篇小說，也就是這本《小婦人》。

從親身經歷出發的小說，並不是把事實原原本本寫出來就會是傑出的作品。不過，放眼諸世界名著來看，能像《小婦人》這樣鮮活描述一個家庭的日常生活的並不多見。這部作品讓我們得以思考，在親情之愛、姊妹情深、鄰居友情等等的人際關係裡面，人們對彼此的付出，相處過程中遇見的煩惱和喜悅等種種的事情。

家庭是創造社會生活基礎的場所，對年輕孩子來說尤其如此。而家庭也是人們最初所屬的小型社會。各位小讀者在讀這故事時，也許會為了其中的插曲開心、為了某件事情的發展而擔心，也希望你在讀完之後，可以得到一整年份的心靈成長。

小婦人
的故事場景
加拿大
渥太華
蒙特婁
美國
佛蒙特州
蒙特佩利亞
緬因州
波特蘭
新罕布什爾州
樸資茅斯
雪城
奧爾巴尼
紐約州
萊辛頓市
麻塞諸塞州
渥斯特
波士頓
春田市
哈特福
波吉普西
康乃迪克州
羅德島州
賓州
紐約市
普林斯頓
特蘭頓
費城
大西洋
紐澤西州

四姊妹

「什麼聖誕節嘛，沒有禮物的聖誕節算什麼？」喬趴在地毯上，抱怨著。

「貧窮真讓人痛苦啊。」梅格的眼光落在舊衣服的膝蓋部位，嘆著氣說。

「這世界真不公平，明明有許多女孩子擁有那麼多漂亮的東西，我們卻什麼也沒有。」最小的艾美，哼了一聲，這樣說。

這時，從屋子的角落傳來貝絲的聲音：「可是，我們有爸爸也有媽媽，還有姊妹妹們。」

這句話說完，幾個少女的表情放鬆了下來，明亮了起來。但是，喬接著又很悲傷的說：「可是，爸爸不在家呀，一時也回不來。」

於是大家又沉默了。

此刻，她們的父親馬其先生人在遙遠的戰地。戰爭究竟要到什麼時候才結束？一想到這個，大家的心情就變得灰暗了。

大姊梅格為了提振大家的心情，便說：「這個冬天對所有人來說都很痛苦。前線軍人們正辛苦的時候，我們不可以奢侈浪費，所以媽媽才認為今年不要送禮物了。我們幫不上什麼忙，至少也要勤儉忍耐一下才對。不過，說是這麼說，我還是有很想要的東西。」

「不拿禮物倒是無所謂，可是我好想買《渦提孩》跟《辛德姆》這兩本書啊，從很久以前就很想要了。」

喬是個熱愛閱讀的啃書蟲。

「我想買新的樂譜。」喜歡音樂的貝絲，輕聲嘆了口氣。

「我想要一盒上等的素描鉛筆，那是我非常非常需要的東西啊。」喜歡畫畫的艾美也搶著說。

喬大聲的說：「媽媽並沒有說我們不能花我們各自拿到的一塊錢。我們不如用那一塊錢各自去買自己想要的東西如何？這樣的話，我們也能得到一點點快樂吧？我們平常都很認真工作，這樣做我覺得也不過分。」

「是啊，我每天都要教那些麻煩的孩子讀書，可不是普通的累呢。」

梅格在一個有錢人家裡當家庭教師。

「相較之下，大姊辛苦的程度不到我的一半吧。妳來跟那個囉唆得要命的老太婆面對面一整天試試看，妳一定會想從窗戶跳出去。」

喬的工作是陪伴年老的姑婆。

「沒有什麼工作比洗碗盤跟打掃房間更討厭了，害我的手變得這麼硬，鋼琴都彈不好了啦。」

貝絲這麼一抱怨，艾美也不甘示弱：

「那是因為姊姊們都不用去上學。說來說去，最痛苦的就是我了。學校裡有一些人很壞，會欺負作業寫不好的同學，還會嘲笑別人的衣服很奇怪，說人家爸爸很窮『別低』人家，在大家面前笑你鼻子很塌。」

「什麼別低？是貶低吧？」喬笑了出來。

「我知道啦，只是不小心說錯了而已嘛。」艾美氣得回嘴。

「你們不要再互相取笑了。我們幾個，就像喬說的，真的是一群『歡樂的夥伴』。」梅格想緩和氣氛。

這時艾美說：「哎呀，喬老是愛用那麼奇怪的詞彙。」

於是喬突然跳了起來，兩手插進口袋，吹起口哨來。

「妳不要這樣，像個男生似的。」

「像個男生有啥不好？正合我意。」

「我最討厭這種沒禮貌的人了。」

「我說過，像妳這樣裝模作樣的，我才最討厭。」

梅格這時端出大姊的樣子調解：「我說，喬，不要這麼粗魯無禮。妳已經長大了，頭髮也挽起來了，要像個淑女才行。」

「我不要！如果把頭髮挽起來就要像淑女的話，那我到二十歲之前都要把頭髮披散著。」

喬把包頭用的髮網扯下來，一頭栗子色的秀髮便披散在肩膀上。

「我才不要當什麼大人。真懊惱我不是男生，如果我是男生，我就可以跟爸爸一起上戰場了。」

喬說完，把編織到一半的藍色襪子甩開。毛線棒落地，發出喀鏘聲，毛線球滾啊滾的滾過整片地毯，滾到房間角落。

喬彎下身想撿拾線球，貝絲溫柔的撫摸著喬的亂髮，說：「可憐的喬！但是生氣也沒用啊，妳就忍耐一下，假裝是我們的哥哥吧。」

外面下著雪。四姊妹雙手勤快的編織著。房裡，暖爐的火發出劈劈啪啪的聲響，快樂的燃燒著。地毯已經褪色，家具也很粗糙，不過這是一個帶著舊式品味，頗有格調的房間。牆上掛著美麗的圖畫，書架上的書一本本排列得密密麻麻。外窗的花架上，**聖誕玫瑰**正盛開。

最年長的梅格，全名叫做瑪格麗特，十六歲，是一位非常美麗的少女。她的皮膚白皙，身材豐潤，有一雙大眼睛，一頭紅褐色的濃密長髮，可愛的嘴角，還有一雙玲瓏剔透的好看的手，這令她相當自豪。

喬的全名是喬瑟芬，十五歲。身材高而細瘦，膚色古銅。她那似乎過長而令她不知所措的手腳，總讓人覺得她就像一匹小馬。堅毅的嘴唇，詼諧的鼻子。銳利有神的灰色眼睛，似乎能看穿一切，眼神有時看來熱烈，有時看來滑稽，又有時候看起來像在沉思。長而柔軟的栗色頭髮是喬絕無僅有的美麗寶物，但是平常她總嫌長髮礙事，會用髮網把頭髮套起來。

貝絲叫做伊莉莎白，是一位有粉紅色雙頰、一頭直髮和一雙水汪汪眼睛的十三歲少女。她看起來總是好害羞的樣子，說話還有幾分怯生生的，臉上的表情永遠是

聖誕玫瑰（第17頁）

多年生草本植物，屬於毛茛科。原產於歐洲。在十二月至二月開花，為五瓣的白色花朵，包含根部在內的皂素可用於強心劑或利尿劑。

那麼溫柔，看起來很幸福的樣子。

最小的艾美才只有十二歲，可是她認為自己已經是一個獨立的小淑女。她的皮膚白皙，有一雙天空般湛藍的眼睛，一頭金色**鬈髮**垂在肩上，十分美麗。

時鐘敲了六響。媽媽就要回來了。喬把媽媽的室內鞋拿到暖爐邊，想把鞋子暖一暖，又突然說：

「這鞋子都磨破了，不重新做一雙不行了。」

於是，貝絲說：「我看，我們來送媽媽一點什麼禮物，如何？」

「哇，這真是個好主意！」喬第一個舉手贊成。

「我來送一雙堅固又保暖的室內鞋吧。」

「那我來送一副漂亮的手套。」

「手帕也很好，縫個邊，加上刺繡。」

鬈髮

縮成捲狀的毛髮，一般是指頭髮。有人是天生的自然鬈，也有人特意將頭髮分束纏繞再放開，便也成了鬈髮。

「我來送**古龍水**吧，媽媽很喜歡的。」梅格、貝絲、艾美也很快就決定了各自要送什麼給媽媽。

「記住要對媽媽保密喔。我們就假裝是在做禮物要送給彼此，然後給媽媽一個驚喜！」喬說。

「來，我們會很忙的。各位，我們還得排練聖誕夜要表演的戲劇呢。」

劇本是由喬編寫。演員當然就是姊妹全部參加演出，但她們只有四個人，所以可能還要一人分飾二角。

艾美不太適合當演員，年紀又小，所以喬安排她演被壞人抓走的公主角色。

「來，妳試試看。雙手像這樣，使力一面搖搖晃晃的走，一面哭喊：『羅德利哥，救救我！救救我！』」

古龍水
較淡的香水，常用來噴灑在床單、毛巾、頭髮上，讓香氣帶給人愉悅的心情。

喬示範給她看，演得很逼真。但是艾美根本學不來，只能發出像被針戳到似的細細的喊叫聲。

「不行啦！算了，妳盡力就是了，可若是觀眾看了發笑，不能算是我的錯唷。好，現在輪到姊姊了。」

梅格說過了，自己不再是小孩子，不想再玩這種孩子氣的扮家家酒，但是喬說她是劇團的當家明星。梅格扮演的唐．佩多羅必須一口氣講完最值得一聽的長台詞。魔女黑格念出令人毛骨悚然的可怕咒語，羅德利哥斬斷捆住手腳的鎖，雨果領悟到自己所做的錯事，喝下毒藥發出奇怪的聲音，再痛苦的嚥下最後一口氣。

「這將會是目前為止我們演得最棒的一齣戲。」梅格說。她這個死去的雨果也爬了起來，摩挲著手臂。

「哇，怎麼這麼熱鬧。」

一陣開朗的聲音從玄關傳來，眾演員們一齊轉身去迎接母親。

她身材高䠷，雖然不是特別美艷，但非常溫柔，是女兒們心目中最棒的母親。

她脫下外套與帽子，一面拍撣身上的雪粒，一面說：

「妳們今天過得好嗎？我為了整理明天要寄給軍隊的包裹，所以回來遲了。貝絲，有沒有客人來過？梅格，妳感冒好些了嗎？喬，妳看起來有點累。來，小傢伙們，來媽媽這裡，來親吻我一下吧。」

母親換上了在爐火旁烘暖了的室內鞋，坐在安樂椅上，再讓艾美坐在她腿上。

大家聚集在餐桌旁，母親開心的說：「有好消息！」

「啊，一定是有信來了，是爸爸寄來的。」喬高興得跳起來。

「是的，是他寫來的聖誕祝福。」

母親很珍重的撫摸著胸前的口袋。

「爸爸已經不年輕了，身體也不是那麼強壯，卻還是去擔任隨軍牧師，我覺得他很了不起。」梅格深有感觸的說。

喬忍不住哽咽說：「我要是能去當護士就好了，那樣的話我就可以跟在他身邊照顧他。」

貝絲在一旁怯怯的問：「媽媽，爸爸什麼時候才能回來？」

「應該一時還回不來吧。只要不生病，他打算在那裡盡量待久一點。來，我們來讀信吧。」

這封信上並沒有寫什麼正患著思鄉病之類的喪氣畫，而是充滿了光明與希望。他把**帳篷**中的生活與軍隊中發生的事描述得就像發生在眼前一樣。信的最後，滿滿是他對留在家中的孩子們的父愛。

「孩子們的事情千萬就拜託妳了。未來的一年仍見不到面，雖然十分漫長，但是希望她們能努力把自己的工作做好。我衷心期望，我回去的時候，她們都變成了我更可愛的『小婦人』。」

聽到這裡，四姊妹都忍不住啜泣。大顆大顆的眼淚

帳篷

可移動、可拆卸帶走的臨時小屋。組合方式是在支架上披上加工的防水布或是獸皮等。

從喬的鼻尖流下來，她並不想隱藏。艾美也不顧她最珍惜的鬈髮會亂掉，把臉埋在母親的肩膀上，發出啜泣聲。

母親沉默了一會兒，才開口說話。

「妳們應該還記得，在妳們還小的時候玩過『**天路歷程**』的遊戲吧。從『滅亡之城』走到『天國之都』，也就是從地下室走到屋頂，每個人背著自己的行李，拄著手杖，慢慢的在家裡的樓梯旅行，往上爬。其實現在也像那個時候一樣，我們每個人都帶著自己的行李，每天努力工作，希望能得到幸福，就是在尋找通往天國的道路呀。我希望妳們再玩一次，但是這次不是遊戲了。在爸爸回來之前，看看我們能走到哪裡。」

「我們剛才正要落入『絕望之沼』中，是媽媽正好

天路歷程
英國作家約翰．班揚的一部作品，宗教寓言性質濃厚。故事描述主角「基督徒」逃出他居住的「滅亡之城」，經歷各種苦難，譬如他曾掉入「絕望之沼」、去到「虛榮市」等地方，最後他終於找到「天國之都」耶路撒冷。

回來了，才拯救了我們，我希望能有一本書可以當我的心靈支柱。該去哪裡找呢？」

喬說著，於是馬其夫人微微一笑：「到了聖誕節早上，妳們看看自己的枕頭底下，一定會發現好東西的。」

到了晚上九點鐘，大家聚集在舊鋼琴旁，這是每天在互道晚安之前最開心的事了。嗓音美妙的梅格跟媽媽是這個合唱團的中心人物，艾美的聲音老是亂抖一通，喬常常會偏離旋律，貝絲總是可以彈出柔軟的琴聲，讓人想不到那是一架快要壞掉的鋼琴。大家的歌聲就這麼快樂的融合在一起。

聖誕快樂

聖誕節這天的早上，天還暗著，全家第一個醒來的是喬。她發現暖爐邊連一只襪子都沒有掛上，感到十分失望，不過她馬上想起母親的話，於是將手伸向枕頭下。果然讓她找到了一本紅色封面的小書。那是一本很舊卻很美的書，寫著這世上最了不起的人生道理，它叫聖經。

「聖誕快樂。」喬叫醒了梅格。

梅格在枕頭下找到的書是綠色的封面，書的扉頁也跟喬的那本一樣，有母親寫下的短文。

貝絲跟艾美也醒來了，她們也各自發現了自己的小書。貝絲的是鴿子羽毛的灰藍色，艾美的是亮藍色。

「媽媽說希望我們可以好好讀這本書，讓它成為我們的心靈支柱，雖然我以前也常翻閱，但是最近因為爸爸不在家，國家又在戰爭之中，我都忘了要讀它。我決定把這本書放在這張桌上，每天早上都讀一點。」梅格感動的說道。

於是，她靜靜的打開書本讀了起來。不久，整個房間裡悄然無聲，只偶爾聽到翻頁的聲音。四名認真的少女，她們光澤亮麗的秀髮在冬日陽光的照耀下顯得更加美麗。

過了約莫三十分鐘，梅格和喬說要向母親道謝，便下了樓，然而她們找不到母親的身影。

「漢娜，媽媽呢？」她們問老奶媽。

「我也不清楚，好像是剛剛有個孩子來敲門，說家中有困難，她就馬上出門去看情況了。說真的，像夫人這樣慷慨大方、樂善好施的人，真的不多。」

「那麼她應該很快就會回來了，麻煩妳準備早餐。」

梅格說完，為了謹慎起見，查看了她準備送給媽媽的禮物。把姊妹們的那一份也都放在籃子裡，藏在長椅下。

「哎呀，怎不見艾美要送的古龍水呢。」

喬因為想把新的室內鞋弄軟一點，便穿著這雙新鞋走過來走過去，一面說：

「她剛剛還拿著呢，我想她一定是打算加一條緞帶吧。」

「我做的手帕每一條都很美吧？漢娜最後還幫我熨平了，每一條都是我親手繡上名字的呢。」

貝絲很得意，拿起一條手帕來看。喬誇張的說道：

「哎呀討厭！馬其夫人的名字，縮寫成 M.M. 就好了，還繡上『媽媽』，真是傑作呢。」

「不可以嗎？梅格的縮寫也是 M.M. 啊！但我只想給媽媽用。」

「可以啊，貝絲。我覺得這個點子很可愛。」梅格說，一面對喬皺了皺眉。

啪噠一聲，門關上了，接著走廊上響起腳步聲。喬喊道：

「是媽媽！快把籃子藏起來，快！」

艾美慌慌張張的跑了過來。

「一大早的，妳跑哪裡去啦？」

「喬，我告訴妳，但妳可別笑我，我本來不想告訴任何人的。我覺得原本的古龍水太小瓶了，拿去換了大瓶的回來，這下也把零用錢都用光了。我今後絕對不再耍任性了。」

艾美非常害羞似的說出理由，拿出一瓶很氣派的香水瓶。「這下子我的禮物就是最棒的了。」

梅格溫柔的抱住艾美。喬用她一貫的口吻稱讚說「真是傑作啊」。貝絲跑向窗邊，摘下一朵玫瑰，為艾美的瓶子裝飾。

這時，從玄關傳來大門開關的聲音。姊妹們趕緊將籃子收進長椅下，裝作等不及早餐的樣子，聚集在餐桌旁。

「媽媽，聖誕快樂！謝謝您送的書，我們已經開始讀了唷。」

「聖誕快樂！真是太好了，希望妳們不是三分鐘熱度。不過，大家在坐下之前，先聽我說。

「這附近有一名可憐的媽媽臥病在床。她有個剛出生的嬰兒，還有六個孩子在床上縮在一起。他們沒有暖爐，如果不擠在一起取暖，就會凍死。他們也沒有食物可吃，於是年紀最大的那個男孩跑來找我。我想把早餐送給他們當聖誕禮物，妳們覺得如何呢？」

媽媽這麼說，卻沒有人能夠馬上回答。她們先前已等了一個小時，肚子早就餓扁了。一片沉默之中，喬率先說話了。

「幸好，妳在我們還沒吃掉之前回來。」

於是，就這樣拍板決定了。

「那我也一起拿去。」貝絲說。

「奶油跟馬芬我來拿。」艾美很大方，放棄了自己最喜愛的食物。

梅格用紙把蕎麥做的點心包起來，把麵包堆在大盤子裡。馬其夫人微笑著說：

「我就知道妳們會這麼做。來，我們一起去，我需要妳們的幫忙。回來之後我們再吃點麵包配牛奶。晚餐時，我再補償妳們一些好吃的。」

很快的，一切準備就緒。一支奇特的隊伍出發了。不過，由於時間還早，走的又是沒有多少人經過的巷子，所以不需要擔心被嘲笑。

就像母親說的，這是個悲慘的家庭。屋裡沒有火，生病的母親抱著哭泣的嬰兒，餓著肚子的孩子們，擠在一起發抖。

「啊，是神派來的使者。」那位可憐的母親高興得喊了出來。

進門才兩三分鐘，馬其家心地善良的小天使已辛勤的動了起來。

孩子們把凍僵的手伸向火上烘暖，一面享用美味的食物，一面謝謝天使般的姊姊們，開心極了。幾位少女第一次被稱為天使，也高興得不得了。

忙完，回到家，梅格深有感觸的說：

「幫助別人，真的是一件很棒的事。」

四姊妹送給母親的禮物，雖只是些微不足道的東西，卻都充滿了愛。餐桌上擺著大家親手用紅玫瑰和白色菊花做成的裝飾。

喬蹦蹦跳跳的跑來，通知大家：「媽媽來了。貝絲，去彈鋼琴。艾美，把門打開。」

貝絲彈起朝氣蓬勃的進行曲節奏，艾美唰的一聲把門打開，梅格則擔任美麗的接待員。

沒想過會收到禮物的馬其夫人十分驚喜。她一一打開每一個人送的禮物，一面讀著禮物上附的小卡片，不知不覺濕了眼眶。她馬上穿上室內鞋，把古龍水灑在新手帕上，在胸前別上一朵玫瑰，然後戴上美麗的手套。

「真的剛剛好！」

快樂的笑聲響徹屋裡，雨點般的親吻落在馬其夫人的臉頰上。大家講了好一陣子的話之後，又各自忙各自的事情。早上扮演鄰家的天使，花掉了許多時間，幾乎無法準備演戲的事情。

到了晚上，有十二名少女應邀前來，坐在折疊式的床上聚集在一起。如果這裡是一個劇場，那麼此處就是特等席了。

鐘聲響了，臨時做成的布幕唰的往兩旁拉開，歌劇般的戲劇就上演了。

第一幕戲的背景，就如宣傳單上寫的，是黑暗的森林。

惡人雨果登場。他唱著要把莎拉據為己有。他唱完，行了個禮，便呼喚黑格。雨果就是喬，黑格是梅格。雨果想把美麗的公主莎拉佔為己有。為此，他想殺死情敵羅德利哥，他需要借助魔女的力量。

愛的小精靈身穿白色薄衫，隨著夢幻般的音樂出現了。小精靈頂著大家熟悉的那頭金髮，髮上插著玫瑰花。小精靈把金色小瓶子遺落在魔女的腳邊，然後消失了。接著，醜陋的小惡魔在帶著懸疑氣氛的歌聲中現身，他捎來了黑色的小瓶子，哈哈一笑又消失了。雨果唱著歌道謝，把兩瓶藥藏在鞋子裡離開了。第一幕到此結束。

觀眾們暫時休息。她們就跟一般的女孩一樣，一邊嘰嘰喳喳評論著劇情，一邊吃著零食。

第二幕，艾美這次以莎拉的角色出場。中途發生了一場大混亂：她長長的衣服下襬勾到窗子，使得城堡的塔樓掉了下來。

這之後的第三幕、第四幕和第五幕，劇情順利發展，演出完美落幕，小觀眾們瘋狂的喝采。

突然，喝采聲瞬間停止。原來是做為特等席使用的小孩床突然倒塌，觀眾們都被困住。羅德利哥與佩多羅連忙趕去搭救。好在大家平安無事，見到彼此的窘狀大家不禁捧腹大笑，笑得說不出話來。

這時，漢娜來了：「夫人找妳們，有豐盛宵夜哦！」

到了餐廳，看見餐桌，姊妹們面面相覷。這麼棒的點心，連以前家裡環境還很富裕時都不曾見過呢。有冰淇淋、蛋糕和水果，還有精緻的**法式夾心糖**。更棒的是

法式夾心糖

以砂糖或巧克力凝結做成糖衣，裡面包裹著果汁或酒的糖果。

餐桌正中央擺著四束很大束的溫室栽培鮮花。

她們四人都倒吸了一口氣。

「這是精靈送來的嗎？」艾美說。

「是聖誕老人呢。」貝絲說。

「是媽媽吧。」還戴著灰色鬍子和白眉毛的梅格說。

「是馬其姑婆吧，難得她會對我們這麼好。」喬說。

「妳們都猜錯了，這些是羅倫斯老先生送來的。」馬其夫人解釋。

「奇怪，他為什麼要送呢？我們不是跟他沒來往嗎？」梅格大聲驚呼。

馬其夫人便說明了理由。

「今天早上我們把早餐送給了可憐、需要救助的人，漢娜把那件事情告訴了羅倫斯家的女傭，老先生不經意聽了也覺得很感動。那位老先生，很久以前曾經跟妳們的爸爸有來往。

「於是，中午過後，他就寫了一封措辭有禮的信來。他說就讓他送點小禮物給妳們，做為今天的節日慶祝，以表達他對馬其家的情誼。我很感謝的接受了他的好意。早上妳們捐出早餐去幫助人，才讓我們今晚得到如此豐盛的餐點。」

「一定是那個男生讓他這麼做的。那個男生是個好孩子，我很想跟他做朋友。」盤子在大家手中傳遞，喬這麼說。

「妳說的是住在隔壁的大屋子裡的男孩嗎？」客人之中的一名少女說道。

「我媽媽知道羅倫斯先生的事呢。說那位爺爺很高傲，禁止他的孫子跟鄰居的孩子玩，騎馬的時候如果不是跟家庭教師一起，就不讓他出門，而且一直要他拚命讀書。前一陣子，我們也邀請他來我們家，但是他沒來。」

「是嗎？不過我們家的貓跑到隔壁去的時候，他會把貓抱過來呢。我跟他就在牆角邊說話。聊很多，像是板球之類的。後來梅格出來，他就回去了。我一直在想哪天要跟他交個朋友。我覺得他一定也很想做一些好玩的事吧。」喬很確定的說。

少年羅倫斯

「喬，喬！妳在哪裡？」梅格在頂樓的樓梯前往上喊道。

「我在這兒。」樓上傳來沙啞的回答。

梅格跑上樓，看見喬正在閣樓裡的窗邊，這兒是喬最喜歡的祕密基地。她倚著一把缺了一腳的舊長椅，披裹著長長的毛披肩，啃一口蘋果，翻幾頁手上的書，一本名叫《瑞德克利夫的繼承人》的小說，她正垂著淚。

喬擦掉臉頰上的淚，抬起頭來，只見梅格揮動著手上的信封。

「有好事喔！妳看，佳迪納夫人正式捎來了一張舞會的招待卡。『敬邀瑪格麗特小姐及喬瑟芬小姐參加除夕夜於寒舍舉辦的舞會。滿懷喜悅期待您的蒞臨。』媽媽說我們可以去呢！妳說，我們穿什麼去好？」

「我們也只有府綢質料的衣服啊。」喬嘴裡嚼著蘋果咕噥回答。

「要是有絲綢的禮服就好了。」梅格嘆了一口氣。

「沒關係，府綢看起來也很像絲綢。但是姊姊妳的衣服還像是全新的，我的背面有一塊燒焦的痕跡，裙角的缺口也還在。怎麼辦？」

「那就盡量安靜坐著，不要讓別人看到妳背後不就好了。正面應該沒關係吧？我只有頭上的蝴蝶結會換上新的，媽媽會借我一個小小的珍珠別針。新的舞鞋也很漂亮，手套可以將就著用。」

「真是傷腦筋，我的手套上有一塊沾上檸檬汁的痕跡。算了，我不要戴手套去好了。」

可是梅格很嚴格。「哎呀，不戴手套去舞會太亂來了，妳不戴手套那我也不去了。」

「既然如此，我就把手套揉成一團，握在手裡，這樣就沒有人會發現髒污了。啊！對了，我想到一個好方法，不如我們都一手戴著妳的手套，一手拿著我的手套，應該可以巧妙的掩飾過去吧？」

「但妳的手比我的手大，會把我的手套撐大。」

「那就算了，我不戴手套去，我才不在乎別人怎麼說。」喬一臉不屑，拿起她的書。

「那好吧。喬，我借一只手套給妳，但是妳要規規矩矩的，聽到了嗎？」

「妳不用擔心我，我會安安靜靜不說話的。妳快點去回信吧，我要把這本精采的書看完。」

梅格下樓後，便給佳迪納夫人寫了一封回信：「我們將欣然赴會。」

除夕日的傍晚，客廳空無一人。兩位姊姊要出門參加舞會，妹妹們也在二樓幫忙，二樓亂哄哄鬧成一片。說是準備，其實只不過是簡單的打扮而已，即便如此，她們也跑上跑下，笑的笑，聊的聊，熱鬧異常。

喬發揮手藝，用**熱鉗子**為梅格燙頭髮，但是鉗子過熱，把她的頭髮弄焦了，這又鬧了好一陣，最後才總算是著裝完畢。

兩人由於服裝簡單大方，看起來反而更美麗。梅格的淡褐色連身裙帶有銀色色澤，配上藍色天鵝絨的蝴蝶結，再別上珍珠胸針。喬穿的衣服是栗子色的，衣領是像男孩服的**立領**，她的裝飾品只有胸前的兩朵白色菊花。兩人都只有一只手戴上白手套，而把髒的那只手套握在手上。這個點子得到大家的讚賞，「真是個立即見效的聰明點子。」

梅格的高跟舞鞋穿起來太緊，她覺得很痛，但是她沒有說出口。喬也是，全家總動員幫她把頭髮往上紮，用來固定髮型的髮夾扎著她腦袋，刺痛得很，但是她決定就忍耐吧。

兩人走出玄關。馬其夫人說：「路上小心，晚上不能吃太多，十一點的時候我讓漢娜去接妳們。」

熱鉗子

一種加熱工具，形狀像剪刀。把鉗子加熱之後，將頭髮捲起來，以此保持頭髮的捲度。

大門關起來之後，她又從窗口往外大聲喊道：「等等，妳們的漂亮手帕帶了嗎？」

「帶了。沒問題！梅格的手帕還灑了香水。」喬大聲回答，邊笑著邊往前走。

「好，接下來才是主戲。喬，妳要小心背後不要被看到。」

「我恐怕會忘記。如果我不小心忘了，妳就用眼神提醒我。」

「不可以。眼神亂飄是很沒禮貌的事，我會抬抬眉毛提醒妳。還有，肩膀要正，走路步伐小一點。不論有誰來替妳介紹，妳都不能跟人家握手，這是規矩。」

「哦？妳還真清楚。」

到了會場兩人略帶羞怯的走了進去。今晚的舞會找

立領（第41頁）
一種衣領形式，不是把衣服的領子反折，而是把領子立起來。

來的都是親朋好友，只算小型的舞會，但是對她們兩人來說已經是大事。

穿著一身氣派的佳迪納老夫人上前，親切的迎接她們，把她們帶到自己的長女莎利身邊。梅格原本就認識莎莉，一見到她就放鬆的聊了起來。但是喬對女孩們或是太太們的閒聊話題沒什麼興趣，只好一直把她在意的背部貼著牆壁，倚牆站著，百無聊賴，覺得自己像是不小心闖進花田裡的小馬。

舞會開始，梅格很快決定了舞伴，她看起來很開心，看她輕舞曼妙的樣子，根本不會覺得她正在忍耐鞋子太緊的疼痛。

這時，喬發現有位高大的紅髮青年朝她走來。她心想，要是他來邀舞就糟糕了，於是她一個轉身，把身子藏到窗簾後面。那是最角落的地方，她認為，從窗簾後面探頭出來偷看，還比較輕鬆愉快。

然而，很不巧，已經有人先佔據了這位置。喬一站到窗簾後面，就撞上了羅倫斯家的那個男孩。

「我、我以為這裡沒有人。」

喬很慌張，想再走出去。

但是那少年微微一笑，說：「不要緊。不介意的話，請待在這裡。」

「不會打擾你嗎？」

「完全不會。這裡沒有幾個人是我認識的，所以總覺得格格不入。」

「我也跟你一樣。」

少年又坐了下來，眼睛看著自己的腳尖。

這時候喬再一次很有禮貌的對他說：「我覺得我看過你，你住在我家附近吧？」

「就住妳們家隔壁。」少年抬起頭，忍不住笑出來。明明抱貓咪回去還的時候講了那麼久的話，怎麼還一本正經裝得那麼生疏，實在很好笑。

託他的福，喬的心情也輕鬆起來。

「謝謝你們家在聖誕節那天送來那麼棒的禮物，真是太感謝了。我們全家人都開心得不得了。」

「那是我爺爺送的。」

「但是，那是你要求的吧？」

「話說回來，那隻貓咪怎麼樣了？馬其小姐。」少年雖然說話一本正經的樣子，黑色眼睛裡卻閃耀著淘氣的光芒。

「牠很好，羅倫斯先生。但是別叫我馬其小姐，叫我喬。」

「那也別叫我羅倫斯先生，叫我羅利吧。」

「羅利．羅倫斯，好奇怪的名字。」

「我的名字是西奧多，但是我不喜歡。我的朋友都簡稱我多拉，所以我就乾脆要他們叫我羅利。」

「我也是，我要大家別叫我喬瑟芬，叫我喬就好了。你是怎麼讓你的朋友不叫你多拉的？」

「他們敢叫，我就揍他們。」

「哇，那我就沒辦法了，畢竟我可不能揍我姑婆呀。」

「喬，妳不跳舞嗎？」

「在寬闊的地方大家一起亂跳一通，我是很喜歡。可是，在這樣的地方，我一定會打翻什麼東西，或是踩到別人的腳，做出驚人的事情來。所以跳舞就交給梅格吧。你呢？」

「我偶爾跳。我之前長期住在國外，不太清楚在這裡大家都怎麼跳。」

「哦？你住外國。那你能不能跟我說說外國的事情？我最喜歡聽旅行的人說故事了。」

羅利不知道該從哪裡說起，一時感到慌張。不過他挨不過喬的糾纏，開始一點一滴說起來，說到他位在瑞士湖畔的學校。在那所學校，男孩們都不戴帽子。湖上有許多小船，假日的時候老師會帶他們到山上或原野上去健行。

喬越來越喜歡這個男孩子，心想回去之後一定要告訴妹妹們關於他的事情，眼光一再在羅利的身上掃動。

（他的黑髮捲捲的。皮膚曬得很黑，眼睛又黑又大，鼻子高又挺，牙齒很漂亮，手腳很小，個子比我高。雖然還是個孩子，但是非常有禮貌，而且是個相當有趣的人。他到底幾歲啊？）

如果是平常，喬就會直接開口問了，但是她終究還是忍住，繞了個圈子問：「你是不是快要去上大學了？聽說你挺書呆子氣，呃不是，是很用功。」

不小心說了人家是書呆子，喬紅了臉。羅利笑了笑，並沒有生她的氣，聳了聳肩說：「還要一、兩年吧。還不滿十七歲不能上大學的。」

「所以，你才十五歲？」

「下個月就十六了。」

「我也想上大學，但是你看起來好像不想去。」

「是啊，討厭死了。」

「那你喜歡什麼呢？」

「我希望能照我喜歡的樣子生活。」

那是什麼樣的生活呢？她很想問，但是羅利皺起眉頭，表情有點不太高興的樣子，所以喬就換了話題。

「哇，好棒的波卡舞曲啊！為什麼你不跳舞呢？」

「如果妳也跳的話，我就跳。」

羅利說著，向她行了個法國式的禮。

「我不能跳。因為我答應梅格了，理由是……」

「什麼理由？」

「你不會告訴別人吧？」

「我誰都不說。」

「是這樣的。我呢，有個壞習慣，喜歡背靠著暖爐，因此衣服常常燒焦，這件也是。雖然已經巧妙的補好，但是燒焦的地方還是很明顯，所以梅格要我找個地方站好，不要被人看見。很好笑吧？你笑也沒關係，因為我自己也覺得好笑。」

可是羅利沒有笑她。他眼睛稍微往下看，帶著不可思議的表情，但是很快就溫柔的說：「什麼嘛，那也沒什麼，我有個好點子。那裡不是有個寬闊的走廊嗎？在那裡跳的話沒有人會看到。我們跳個痛快吧。來，走吧。」

原來如此，走廊上一個人也沒有。兩個人跳起了波卡舞。羅利的舞跳得很好。他教喬一種德國式的跳法，那個跳法必須跳躍或是旋轉，節奏很快，喬非常喜歡。

波卡舞的音樂停了，兩人在樓梯上坐下來，稍作休息。這時，梅格遠遠的就向喬招手，要她過去。喬不太情願的站起來，走到隔壁的房間去。於是梅格在那裡的長椅上坐下，抱著自己的一隻腳臉色發青。

「我的腳扭到了，高跟鞋拐了一下，傷得不輕，好痛好痛，沒辦法站著，這下子該怎麼回家才好？」

「我就知道穿那麼緊的鞋子腳一定會受傷，要是早點告訴妳就好了。怎麼辦，要不叫一輛馬車載我們回去，還是在這裡住一晚，除此之外也沒有別的辦法了。」

「叫馬車很貴吧？而且要在這裡過夜的客人已經很多了，不可能再讓我們住，莎莉說她的房間住了三個人。算了，在漢娜來之前，我就在這裡休息等待。然後再想辦法努力走回去。」

「我去拜託一下羅倫斯家的少爺吧，他一定會讓我們跟他一起回去的。」

「不，不可以，不要告訴任何人。把我的橡膠鞋拿來，然後幫忙把這雙舞鞋收起來，我已經不能跳舞了。我們吃完點心，就馬上找漢娜來吧。」

「大家都去吃點心了，我在這裡陪妳就好。」

「不，妳趕快去，幫我拿杯咖啡來也好，我已經累得完全動不了了。」

梅格換上橡膠鞋，把腳藏起來，坐在長椅上。喬慌忙跑去餐廳，當她正想從餐桌上拿咖啡的時候，卻不小心打翻，弄髒了衣服正面。

「我真是個冒失鬼！」

連忙擦了擦弄髒的地方，結果才發現竟用了梅格的手套來擦，這下子連這只手套也弄髒了。

這時候旁邊馬上有個熟悉的聲音說：「我來幫忙吧。」

喬抬頭看了一眼，發現是羅利。他一手拿著咖啡杯，一手拿著一盤冰淇淋。

「我正在想要把這個拿給誰呢，我們去妳姊姊那裡吧。」

「啊，太感謝了。我帶你去。你來拿比我更牢靠。」

羅利似乎很習慣為女性服務，他拉了一張小桌子到梅格面前，然後也拿了咖啡與冰淇淋來給喬。他真的很斯文有禮，就連挑剔的梅格都說他真是個好孩子。

三個人就在那裡坐下休息。後來有又兩、三個人加入，大家玩著較文靜的遊戲時，漢娜來了。梅格太放心，忘了腳受傷的事，猛然站起來，結果忍不住痛得叫了出來，她緊緊抓住喬，連忙解釋：「沒什麼，只是稍微扭到腳而已。」

漢娜責備梅格，梅格委屈的哭了出來，喬在一旁完全不知所措。

好不容易準備妥當，走出玄關，問了管家有關馬車的事情時，羅利來了，他主動說要用爺爺的馬車送她們回去。

「你現在回去還太早吧？」

「我都很早回家。真的，請讓我送妳們回去吧。反正是順路。而且，好像要下雨了。」

兩人這才決定接受他的好意。搭上有篷頂的馬車，搖搖晃晃離去，感覺好像貴族似的。在馬車中，終於可以毫無顧慮的聊舞會上的事情。

「我覺得好好玩哦！姊姊妳呢？」

「我也覺得好玩，在我弄傷腳之前。莎莉的朋友——安妮．莫法特好像很喜歡我，要我下次跟莎莉一起去她家玩過夜。莎莉說，那就春天的歌劇季時去吧。」

梅格想著到時候會有多開心，非常雀躍。

「姊姊，你跟那個紅髮青年跳了舞吧？我逃走了。妳覺得他是個好人嗎？」

「是啊，他人很好，很有禮貌。」

「不過，他跳新的舞時，好像一隻蚱蜢。我跟羅利一旁看著，忍不住笑出來。」

「唉呀，真沒禮貌。你們躲在那裡都說了些什麼？」

喬把過程從頭到尾說完時，馬車也到家了。她們向羅利深深致謝，互道晚安之後就回家了。

各自的工作

「哎呀，又得回到討厭的工作了，真是痛苦啊。」

舞會後的第二天早上，梅格嘆著氣說。

「真的。要是一整年都是聖誕節或新年就好了。」

喬懶洋洋的，打了個哈欠。

「要是那樣的話，應該就不好玩吧。不過，能吃到好吃的東西，還能收到花和參加舞會還是很棒，我真羨慕每天都可以這樣生活的人。」

「姊姊，再抱怨也沒有用。我們只能各自背著行李，瞧，就像媽媽那樣，充滿朝氣，往前走。說到行李，那個馬其姑婆就像是《一千零一夜》故事裡面的怪物『海中老人』，我們都是辛巴達，她就在我們的背上讓我們背著。雖然我們拿她沒辦法，但只要我們學會怎樣做可以無怨無悔背著她，也許她自己就會離開，或者是我們會漸漸覺得沒那麼辛苦。」

喬覺得自己這樣的想法很不錯，但是梅格完全輕鬆不起來。

每個人似乎心情都不怎麼好。貝絲喊著頭痛，躺在長椅上逗弄著母貓與三隻小貓。艾美說不會做功課，而且她找不到自己的膠鞋，覺得煩躁。喬胡亂吹著口哨，為了準備出門，發出乒乒乓乓的聲音。馬其夫人正急著寫信，得趕快寫好，立刻寄出去。就連漢娜也因為昨晚太晚睡，早上一句話也不說。

「從沒看過家裡氣氛這麼糟糕。」

喬在生氣。因為她打翻了墨水，弄斷兩條鞋帶，最後還跌坐在自己的帽子上。

「最生氣的不就是妳嗎？」艾美一面哭，一面努力用寫字板做著算術題，回了她一句。

於是，梅格也發起脾氣：「貝絲，把妳這些討厭的貓咪全都趕到地下室去，不然我就把牠們丟進水裡。」

小貓爬到貝絲的背上，貝絲手往後抓，搆不到小貓。喬笑了出來。梅格氣呼呼的。貝絲懇求梅格不要這樣威脅她。艾美則是又算錯了答案，哭出聲來。

「請妳們安靜一點好嗎？我這封信無論如何都得趕著今天的第一批郵件寄出去啊。」馬其夫人終於忍不住了，摀著耳朵，大聲叫道。

今天早上實在不是一個好的開始。正這麼想著時，喬和梅格一起出了門。到了街角，喬拍了拍梅格的肩膀，梅格也努力提起精神，兩人便分道揚鑣。

大約三年前，她們的父親為了幫助有困難的朋友而損失了他投下的財產，那時，年紀較大的兩姊妹便出外找打工，至少可以賺取她們各自所需的花費。

梅格找到一個當家庭教師的工作，雖然薪水只有一點點，但她已覺得自己變成有錢人了。她本來就討厭貧窮，所以比妹妹們感到更辛苦一點，這也是因為她還記得家裡過去的富裕生活。

至於喬，說來奇妙，她們那位有錢的姑婆很喜歡她。馬其姑婆上了年紀，腳不方便行動，希望有個手腳俐落的人來照料。幾年前馬其家的家境變差時，姑婆曾說想把四姊妹其中一人收為養女，但是她們爸媽沒有答應，惹得姑婆非常不高興。有朋友替她們感到惋惜，認為要是惹了姑婆生氣，將來她可能不會把財產留給她們了。但是馬其夫婦說：

「就算是再多的錢，也不可能拿孩子去交換。無論有錢沒錢，親子可以共聚一堂的生活，就是最大的幸福。」

姑婆在那之後有好一陣子完全不跟馬其家的人往來。然而，她有一次偶然在朋友家看到了喬，她魯莽衝動的舉止正合姑婆的意，於是便希望她來給自己作伴。

對喬來說，這份好意原本令她困擾，可是她一直找不到工作，只好接受了這份差事。出乎意料的，她竟然跟這個硬脾氣的老婆婆很合得來。

最吸引喬的應該是那些書吧。姑婆家的書房裡，滿滿的都是書。自從自從馬其姑婆的兒子去世之後，那些書就原封不動擺著，堆滿了灰塵。這個書房簡直就是喬的天堂。每逢姑婆睡午覺或是有客人來訪的時候，喬就會趁機躲進書房，躺在安樂椅上，拿起詩集、小說、歷史書、遊記或圖鑑等等，什麼書都好，總之她就是埋在書裡，忘了周圍一切。

可是，幸福的時間總是不持久。每當她陶醉在悠美的詩句之中或是在為冒險情節而興奮，就會聽到姑婆高聲喊：「喬瑟芬！喬瑟芬！」喬無奈，只好把天堂擺在一邊，去幫姑婆捲毛線、為小狗洗澡或是為姑婆讀一個小時的貝爾森牧師論文。

貝絲的個性內向，她沒有上學而是由父親親自教她讀書。自從父親上了戰場，母親也為了軍人後援會的事情在忙碌，貝絲就自己一個人很認真的讀書學習。此外，貝絲喜歡做家事。她雖然年紀還小，卻也幫忙漢娜做家事，為了在外工作的家人，把家裡打理得很整潔。

她不需要任何的獎品。貝絲只要大家都疼愛她，她就覺得很幸福。在貝絲的小小世界裡，她有很多幻想中的朋友，她本來就是勤勞的人，每天早上抱著六個洋娃娃，替她們換衣服也是很愉快的工作。

然而，這樣的貝絲也是有煩惱的。那就是現在她無法學音樂，而且家裡無法買好的鋼琴給她。她天生就喜愛音樂，只要看到她忍耐著破舊的鋼琴練習的模樣，誰都會希望有人可以伸出手來幫助。可是，當琴走音時，貝絲偷偷擦眼淚的樣子卻沒有人看到。

如果有人問艾美，她最煩惱的是什麼事，她想必會立刻回答「我的鼻子」。艾美還是嬰兒的時候，喬抱著她，有一次曾經失手把艾美掉進煤炭箱裡。艾美說就是因為這樣才害她的鼻子變塌了。不論是什麼原因造成的，總之，她就是為了自己沒有一個高挺的希臘鼻而傷心。她為了安慰自己，常常在紙上畫著美麗的鼻子。

艾美被姊姊們稱為「小**拉斐爾**」，很會畫畫。她畫花朵，或是畫出想像中的精靈，最喜歡用自己的風格替童話故事配上插畫。

在學校裡，有一次她曾在算術課的時候，被老師發現她在寫字板和地圖的空白處塗鴉而遭到責罵。不過她

拉斐爾

（一四八三～一五二〇）

義大利畫家，與達文西、米開朗基羅並稱「文藝復興藝術三傑」。以肖像畫、聖名像聞名，畫作給人的感覺總是和他的個性一樣平和、文雅。

在其他的學科都認真上課，所以倒是沒有被罵得很慘。又因為她待人有禮，老師們都喜歡她。

艾美可能因為是老么，被寵壞了，她有非常任性又虛榮心強的一面。因此，有一件事使她愛慕虛榮的心很受挫折，那就是要她穿她表姊的舊衣服。

對小艾美來說，大姊梅格是最好的商量對象，而文靜的貝絲都找喬講事情。這一定是因為相反的個性反而互相吸引的緣故。貝絲只有面對喬才能說出自己心裡的話，而對冒冒失失的喬來說，貝絲是全家人裡的模範生。

這天晚上，大家聚集在一起做女紅的時候，梅格說了：

「有沒有人可以說個有趣的事情來聽聽？我今天從早上就一直很鬱悶。」

於是愛說話的喬開口了：「今天在姑婆家，有一件開心的事，就來說給妳們聽吧。

「我又慢吞吞的念那本貝爾森的書給她聽。我每次都念得很慢，這樣姑婆很快就會睡著，我就是在等這個時候。她一睡著，我就趕快把有趣的小說拿出來，用飛快的速度閱讀。

「可是今天，連我都覺得睏了。在姑婆開始『釣魚』之前，我就打了一個大呵欠。姑婆說『怎麼回事？妳嘴巴張得那麼大，都可以吞掉那本書了』，我就說『我覺得乾脆把書吞進去，早點解決也不賴』。我已經盡量把口氣講得很平和了。

「姑婆竟然說我態度不好，於是對我說起教，最後她說『我稍微睡一下，妳就趁這時候好好兒反省一下』說完姑婆馬上就睡著了。當姑婆的**睡帽**像一朵**大麗花**在那裡搖搖晃晃時，我立刻掏出《威克非爾德牧師》，拚命讀。看到好笑的地方，我忍不住大聲笑出來。

「當然，姑婆這時候就醒了。不過她小睡一番之後，好像心情不錯，就說『妳好像更喜歡那本書勝過貝

睡帽

在室內戴的帽子。用布做成，質地柔軟。

爾森牧師的作品。妳說說看，那本無聊的東西是什麼內容』。於是我就把介紹牧師一家人的那段讀給她聽，我盡量把書說得很有趣。可是這時候，我突然很想惡作劇，就故意在非常好笑的地方停下來，跟她說『姑婆，妳一定覺得很無聊吧？就讀到這裡吧。』

「這時，姑婆就放下她手上的編織物，隔著眼鏡，瞪了我一眼，用她一貫冷淡的語氣說『廢話少說，快把這章讀完』。」

「她是否說故事很有趣？」梅格問道。

「怎麼可能？但是那之後她就把貝爾森的書扔在一邊了。然後，我要回家的時候，忘了拿手套，又折回房間裡，我發現姑婆正在讀那本《威克非爾德牧師》，讀得可入迷哩。這真的太好笑了，我在走廊上跳來跳去，

大麗花

原產地為墨西哥，菊科多年生草本植物。從夏到秋開花，花朵很大，花色有白、紅、紫、黃等。

她都沒發現呢。妳看，就算是姑婆這樣的人，只要她想，她也可以每天都過得很快樂啊。

「我一點都不羨慕姑婆有那麼錢，因為我覺得有錢人跟貧窮人一樣，也有很多煩惱啊。」

「哎呀，喬，妳要做什麼？」

某個下雪的午後，梅格這麼喊著喬。喬的腳上穿著橡膠靴子，身上是一件連帽的舊外套。她一手拿著掃帚，一手拿著鏟子，咚咚咚的穿過走廊。

「我去外面運動一下。」

她的眼睛，像愛惡作劇的孩子般閃耀著光芒。

「外面很冷，還是在家裡烤火比較好。」

「不用妳操心。我又不是貓，我討厭在火爐旁打瞌睡。我想要冒險，我現在就要去尋找。」

喬鏟起庭院中的雪，看起來氣勢驚人。

這個庭院，位於馬其家與羅倫斯家之間。這裡位於郊外，每棟房子都有庭院，院中種植樹木或草坪，面對著安靜的街道。

矮**籬笆**分隔了兩邊，一邊是一棟茶褐色古舊簡樸的房子，夏天有茂盛的**藤蔓**攀爬在牆上，四周也有花開，但是現在這個時節什麼都沒有，就顯得特別寒酸。

另一邊，則是一棟富麗堂皇的石造房屋。庭院中的草坪照料得很仔細，稍遠處有一處很大的馬車停車場和溫室。從建築物的窗口透過美麗的窗簾的縫隙，隱約可見到華麗的家具。但是，總覺得這裡有一點冷清。沒有孩子在草坪上奔跑，也沒有人影出入。

自從前一陣子的舞會之後，喬就更想跟羅利做朋友，但是最近完全看不到羅利的身影。她以為他去哪兒

籬笆
用高木、矮木或是蔓藤類植物做成的圍牆。

旅行，然而，前天在跟貝絲和艾美打雪戰的時候，卻見到他從自家的二樓看著，滿臉羨慕的神情。

那孩子是因為沒有朋友而覺得寂寞吧，喬這麼想著。她原本對什麼事情都不屑一顧，這陣子她策劃起如何進入隔壁的房子，今天就要試一試。

喬一看到羅倫斯老爺爺搭上馬車外出，便趕緊衝出家門，從庭院鏟雪，一直鏟到籬笆旁之後，稍作休息。然後她偷偷查探了隔壁的動靜，整間房子靜悄悄的，下面的窗戶一個個都拉上了窗簾，看不見傭人的身影。不過，她看見二樓的窗戶後面有個黑色的鬈毛頭。

一顆柔軟的雪球投向了窗邊。他的頭轉過來，大大的眼睛閃爍著光芒。

喬彎身行了禮，對他喊著：「午安！你生病了嗎？」

藤蔓
葡萄科，落葉性藤本植物。捲鬚的前端有吸盤，可吸附在岩石或樹幹上。

羅利打開窗戶，用沙啞得像烏鴉的聲音回答：「謝謝妳的問候，我已經好了。我得了重感冒，一個星期沒有出門了。」

「原來是這樣，那你都玩些什麼？」

「什麼也沒有玩啊。」

「你朋友沒來找你嗎？」

「我不希望他們來。男孩子都很吵，我不喜歡，我現在頭還痛著。」

「那女孩子呢？女孩子很乖巧的。」

「我沒有認識什麼女孩子。」

「咦？你不是認識我們嗎？」

「說得也是。那，妳要來嗎？」

「好啊，只是我一點也不乖。不過只要媽媽說可以，我就去，我現在就去問她。你把窗戶關好，等我喔！」

喬把掃帚扛在肩上，精神飽滿的跑進家門去。

過了一會兒，清脆的門鈴聲響起。「我找羅倫斯先生。」喬的聲音清晰可聞。羅利打開門迎接。門口站著臉頰紅得像玫瑰的喬，她一手端著一個加了蓋的盤子，一手抱著貝絲的三隻小貓。

「我來了。你看，我什麼都帶了。」喬興奮的說。

「媽媽要我向你們問好，梅格要我帶這個點心給你。姊姊做的這種點心很好吃喔。貓咪呢，是貝絲要我帶來的。」

首先，小貓立了大功，把羅利逗得好開心，他的心情完全放鬆下來。

「我讀點什麼書給你聽吧？」喬仔細端詳著旁邊堆積的書本。

「謝謝，不過這裡的書我全都讀過了。可以的話，我倒希望妳陪我聊天。」

「好啊，總之，你如果讓我說話，我可以說一整天，貝絲說我永遠沒完沒了。」

「貝絲就是都待在家裡，有時候會提個小籃子出去買東西，臉上總是紅撲撲的那個？」

「是。她是很乖巧的孩子。」

「很漂亮的那位，就是姊姊梅格。頭髮捲捲蓬蓬的那個就是艾美吧？」

「咦？你怎麼都知道？」

「因為妳們經常喊彼此的名字。我在二樓總會不小心看到妳們家，妳們看起來好快樂。這麼做可能有點失禮，不過妳們那扇外窗有花的窗戶，窗簾都沒有拉上，而且要是點了燈，在燃燒的火光中，妳們跟媽媽圍著桌子的景象就像一幅畫。我沒有媽媽，所以……」

羅利低下頭，撥了撥暖爐裡的火，想藉此隱藏他的嘴唇正在顫抖。

「既然如此，我們以後就不拉窗簾，你喜歡就可以看個夠。但是，與其只是站在那裡看，不如來我們家玩吧？你爺爺會不同意嗎？」

「如果妳母親跟我爺爺說的話，我想他會允許的。他雖然看起來頑固，但其實很溫柔，我想做的事情他大致上都會讓我做，只是希望我不要給別人添麻煩。」

「什麼別人？我們是鄰居啊。我們一直很想跟你做朋友呢，附近的鄰居我們都認識了。」

「爺爺整天埋首書堆，對外界的事情一無所知。我的家庭教師布魯克先生也不住在這裡，所以沒有人可以帶我外出。妳不用上學嗎？」

「我沒有上學。別看我這樣，我可是有工作的人唷，每天我去我姑婆家陪伴她。她是好人，不過她總是一副在生氣的樣子。」

羅利很愛聽這些事情，但是又覺得問太多很失禮，所以很節制。喬很喜歡他這一點，覺得偶爾拿馬其姑婆的事情來當話題也沒關係。

性急又脾氣古怪的姑婆、貴賓狗、最喜歡的書房、一隻會講西班牙語的鸚鵡。羅利特別喜歡聽那隻愛惡作劇的鸚鵡的事。聽到喬說起那隻鸚鵡叼走一位來訪紳士的假髮，羅利笑倒在地上，笑到眼淚都流出來了。

他們天南地北一直聊，最後終於聊到書本的話題。很高興的是，羅利跟喬一樣也是書蟲，而且他看過的書比喬還多。

羅利察覺了喬的心情，於是說：「既然妳那麼喜歡，妳就來看我們家的書吧！反正爺爺不在，妳用不著害怕。」

「我天不怕地不怕！」喬用力把頭一甩。

房子裡到處都像春天一樣溫暖，羅利走在前面，帶她看房間，一間一間看，最後來到書房。喬實在太開心了，跳起來拍手，就像她平常遇到開心事的時候一樣。每一面牆上，書本都排到天花板那麼高。還收藏了許多繪畫或雕刻和舊銀幣，以及一些珍稀物品當作裝飾。大大的安樂椅配上造型奇特的桌子。讓人最感興趣的是一座貼著古典風味磁磚的大型**壁爐**。

「哇，真漂亮。」喬坐在天鵝絨椅子上，神情陶醉。她嘆了口氣：「羅利，全世界沒有一個孩子比你更幸福了。」

羅利坐在桌子的一端，搖了搖頭。「男孩子不應該只跟書生活在一起。」

壁爐

一種暖爐設備。把爐口裝在牆面上，讓煙通過的管子則埋設在牆裡。

羅利好像還想說些什麼，這時候門鈴響了。喬啪的一聲跳起來。

「啊，糟了，你爺爺回來了。」

「沒關係吧？妳又不怕他。」

「我還是有點害怕，不知道為什麼。」

「少爺，醫生來了。」女僕來喊他。

羅利對喬說：「我去一下，沒關係吧？」

「你慢慢來，這裡對我來說太美妙了。」

羅利走出去了，這位客人決定自由享用這個空間。喬先往掛在牆上的羅倫斯老先生肖像一站。這時，門打開了，喬頭也不回，看著那幅畫大聲的說：

「我覺得這個人一點也不可怕呢。他的眼睛很柔和，雖然嘴巴抿得緊了一些，看起來很頑固，長得也沒有我外公那麼好看，不過我喜歡他。」

「那就謝謝妳了，小姑娘。」

突然有可怕的聲音從背後傳來，喬嚇了一跳。羅倫斯老先生就站在那裡。

可憐的喬，整張臉都漲紅了，心想要不乾脆逃走？但是那樣就太卑鄙了，得想辦法度過這一關才行。

她再一次抬頭看著老人。在他的濃密灰色眉毛之下，綻放著光芒，看起來比肖像上的樣子還和藹，而且眼神中露出一絲淘氣，喬覺得放心了一大半。

老人冷不防的又用更可怕的聲音說：

「哦？看來妳是不怕我囉？」

「是沒有很怕。」

「我長得沒有妳外公好看？」

「您是沒他那麼帥。」

「還有，我很頑固？」

「我只是說，看起來好像很頑固。」

「即便如此，妳還是喜歡我？」

「是的，我喜歡。」

老人笑了一下，伸出手來要與喬握手。接著，他把喬的下巴扶起來一些，讓她的臉朝上，仔細端詳了喬一會兒，點點頭說：「妳跟妳外公長得不像，但是個性倒是一樣。妳外公是好人，而且正直勇敢，我很驕傲能跟他做朋友。」

「謝謝您。」

這時老人問她：「妳找我的孫子有什麼事？」

「那個、我只是想，敦親睦鄰一下。」

喬把自己為什麼會來到這裡的前因後果都說了。

「所以，妳是想讓那孩子振作起來嗎？」

「是的，他看起來有點寂寞，有一些年輕的朋友可能對他比較好吧。」

「嗯。午茶的鈴響了，來，妳也來，繼續妳的敦親睦鄰吧。」

「不會打擾您嗎？」

「如果我覺得被打擾了，就不會邀請妳了。」

說著，羅倫斯老先生依照傳統的禮儀，讓喬挽著他的手臂，往樓下餐廳走去。

梅格要是看到了，不知道會說什麼呢。這時候羅利從二樓跑下來，嚇了一跳。喬是不是挽著我那可怕的爺爺的手臂，跟他走在一起？

「喂，你的禮貌上哪裡去了？」

「我不知道爺爺您回來了。」

「看你那冒失的樣子，就知道你不曉得。來，來喝茶。」

爺爺扯了羅利的耳朵一下。羅利大樂，一蹦一跳的跟在他們後面。喬差點就要噗哧笑出聲來。

羅倫斯老先生喝了四杯茶，一直沒有開口，靜靜的看著他們兩人開心說話。

原來如此。真的就像這小女生說的，我的孫子很寂寞，像這樣的朋友可以對他有多大的幫助，我就觀察一下吧。

老先生也很喜歡喬。

喝完茶，喬說要告辭了，於是羅利把喬帶去溫室，把開得最美的花摘下來，做成花束交給她。

「這個花束請送給妳母親。請告訴她，她今天送來的藥非常有效。」說完，他微微一笑。

兩人走進寬廣的客廳，羅倫斯老先生正站在暖爐前。但是喬的眼光被一座打開蓋子的平台演奏鋼琴給吸引了。

「你會彈琴嗎？」

「偶爾彈。」

「那，就請你彈一首。」

羅利開始彈琴。喬把鼻子埋在香水與玫瑰花的香味中，聽得陶醉了。但是這時候羅倫斯老先生說話了：

「該回去了吧？謝謝，請妳一定要再來，代我向妳母親問好。再見。」

老先生與她握手，但是他看起來好像有點不高興。於是，喬在走出玄關時偷偷問了羅利：「我是不是說了什麼不該說的話？」

羅利搖搖頭。

「是因為我，我只要彈鋼琴，他就不高興。」
「為什麼？」
「以後再告訴妳吧，今天真謝謝妳，妳還會再來吧？」
「等你身體好一些，也要來我們家哦。」
「我會去的。」
「晚安，羅利。」
「晚安了，喬。」
這天晚上，馬其家的話題都離不開喬的冒險經歷。故事講完之後，喬便問：
「媽媽，為什麼羅利一彈鋼琴，羅倫斯先生就不高興呢？」
母親答道：
「我也不是很清楚，但有可能是因為這樣吧？爺爺的兒子，也就是羅利的父親，跟一位義大利的女音樂家結婚。爺爺對這件事情不是很高興。那位女子是個好人，很漂亮，又有才華，可是自從兩人結婚後，爺爺就堅決不跟兒子見面。他們兩人在羅利小的時候就過世了，所以爺爺才會把羅利帶回來扶養。

「在義大利出生的羅利，身體似乎不是很好。而且他與生俱來對音樂的喜愛，一定是因為他母親。」

「我想，爺爺可能擔心那孩子也說他想當音樂家吧？總之，可能會讓他想起那個鋼琴彈得很好但是他很討厭的人。所以才會像喬說的『面露不悅』。」

「哇，簡直像小說一樣。」梅格說。

「真無聊，他想當音樂家，就讓他當不就好了？」喬說。

「而且他有漂亮的黑眼珠，又那麼彬彬有禮。」

「哎呀，姊姊，你明明還沒有跟他說過話。」

「我在舞會上看到過他嘛。而且，他說什麼謝謝媽媽送去的藥，還真會說話。」

「那指的一定是姊姊做的點心吧。」

「喬，妳真是傻瓜，那個藥指的當然是妳啊。」

「咦？是嗎？」喬瞪大了眼睛。

貝絲與鋼琴

從那天以後，羅倫斯老先生不時會來拜訪，與馬其夫人談一些懷念的往事，也會對女孩們說些親切的話語，說笑話逗她們。除了生性害羞膽小的貝絲之外，大家都不再害怕老先生了。

更棒的是，羅利變成了馬其家的夥伴，與大家玩遊戲、一起演戲，或是滑雪橇、溜冰。有了羅利一起，一切都變得更好玩了。在家中老舊的客廳裡度過的黃昏時光也熱鬧非凡。有時候羅利也會邀請女孩們去他家，一起開個下午茶聚會。

梅格總是選她最喜歡的時間，去那間氣派的溫室，她也得到羅倫斯家的允許，可以摘花。喬喜歡躲在新的書房裡，一本書一本書拿起來從頭讀起，還與羅倫斯老先生熱烈討論書中內容。艾美則臨摹名畫，深深體會到藝術的精妙。

只有貝絲，明明很想彈一彈那臺演奏型的大鋼琴，卻怎麼樣都提不起勇氣走出家門。羅倫斯老先生一直很掛心貝絲。有一天，他來家裡，趁著其他姊妹們都外出，只有夫人與貝絲在家，他裝作突然想到似的說：

「我家那孩子現在好像沒有那麼喜歡音樂了，我應該可以放心了吧。畢竟，他以前太沉迷其中。但是，這樣的話，家裡那架鋼琴要是不使用就會壞掉，真傷腦筋。你們家的小姐有沒有哪一位可以常常過來彈一彈呢？只要幫我彈一下鋼琴，別讓音調跑掉就行了。不知夫人覺得如何？」

羅倫斯老先生說完，總是坐在角落的貝絲不由得站了起來，邁開腳步走了過來。聽到能夠彈那架很棒的鋼琴，她高興得快要不能呼吸了。

馬其夫人正想答話，羅倫斯老先生卻輕輕點了點頭，笑著說：「來我們家呢，也不需要跟誰打招呼，就靜靜走進來就好。我總是關在另一邊的書房裡，而羅利也大概都不在，傭人們早上打掃完之後是不會靠近會客室的。」

羅倫斯老先生把想說的話說完後，便迅速站起身來。「那麼，就麻煩您跟小姐們說一聲了。」

這時，老人的手中滑進了一隻小手。「爺爺，我們很樂意去您家拜訪，真的非常樂意。」

「哦？妳就是喜歡音樂的那位小姐嗎？」

「我叫貝絲，我最喜歡音樂了。如果真的，真的，沒有任何人會介意……如果不打擾你們的話，我就去。」

為什麼會有這樣的勇氣？貝絲自己也覺得很訝異。

「沒有誰會介意的。妳不用客氣，就走出門，到我家去，想彈多久就彈多久。」

「真的嗎，太感謝您了！」

貝絲的整張臉都泛紅了，就像玫瑰花一般紅潤。她誠心誠意的緊緊握住羅倫斯老先生的大手。貝絲很想開口道謝，卻說不出話來。

老先生摸了摸貝絲的頭，彎下腰在她的額頭上親吻了一下，用他罕見的溫柔聲音說道：

「我們家以前也有一個小女孩的眼睛跟妳一模一樣，妳會很幸福的。那麼，夫人，我告辭了。」

說完，老先生便匆匆回去了。

這天晚上，貝絲做了一個夢，把艾美的臉當成鋼琴彈了起來，吵醒了她，大家都笑翻了。

第二天，貝絲看到爺爺與羅利都出門了，在家來回踱步。好不容易，她下定決心，從大房子的側門走了進去。她像隻小老鼠似的輕輕的走向放著那架她嚮往的鋼琴的會客室。

不知道是不是又出於偶然，鋼琴上放了一本漂亮又很容易彈奏的樂譜。她手伸了出去，又縮回來。她豎起耳朵，四下張望。終於，貝絲用她顫抖的手指輕輕的往琴鍵彈了下去。很快的，她沉浸在音樂的愉悅之中，忘記了害羞與其他的一切，鋼琴的聲音就像她最好的朋友。

直到吃飯時間，漢娜跑來叫她之前，她都坐在那裡不斷彈著琴。回到家，她也沒有胃口，臉上滿滿都是陶醉的神情。

從那天起，每天都有一個戴著褐色頭巾的小小身影穿過那條籬笆小路。同時也有一個看不見的音樂精靈，跟隨著那個小小身影，拜訪那個大大的客廳，然後回家。

貝絲想不到的是，她彈琴的時候，羅倫斯老先生都打開書房的門，聆聽那些懷念的曲子；她也不知道，羅利會守在玄關的走廊，擋住女僕不讓她們走進客廳；她更不會想到，放在鋼琴旁的樂譜桌上那些練習曲或新樂譜，其實是特地為她準備的。

過了三個星期。有一天，貝絲說：「媽媽，我想為羅倫斯老先生做一雙拖鞋。我很想謝謝他，可是我想不到其他的點子，可以嗎？」

貝絲很少像這樣懇求別人。馬其夫人很高興，回答說：

「當然可以，我相信他一定會很開心。妳也可以找姊姊們商量。材料費用我會幫妳出。」

梅格和喬絞盡腦汁提供意見，決定了款式，去購買材料，讓貝絲製作。深紫色的布料上配上一叢穩重又有朝氣的三色菫綉花。困難的地方有姊妹們幫忙，不過貝絲還是每天從早做到晚。拖鞋完成之後，她附上一封短信，請羅利在爺爺起床之前，幫忙把拖鞋放在他書房的桌上。

貝絲盼望著結果，但是當天沒有消息，隔天也沒有任何回音，她忍不住擔心該不會是惹爺爺生氣了吧？

到了第三天的下午，貝絲辦完事情回來，大家都在窗口向她招手，大喊著：

「爺爺的回信來了！快點快點！」

「貝絲，爺爺他……」

艾美發瘋似的對著貝絲大喊，這完全不符合她的性格。但她話說到一半，喬就把窗戶放下，完全蓋掉她後面說的話。

姊妹們抓著走進來的貝絲，喧鬧著把她拉進客廳裡。

「妳看，就是那個！」

貝絲一看，驚訝得臉色發白了。客廳裡有一座小型鋼琴。晶亮的琴蓋上放著一個信封，寫給「伊莉莎白·馬其小姐」。

「是給我的？」

貝絲沙啞的說，搖搖晃晃的就快站不住了，她抓住喬。

「喬，妳念給我聽，我沒辦法讀，我快要暈倒了。啊——我太高興了。」

她把臉埋在喬的圍裙裡。

喬攤開信紙，不由得笑了出來。因為從信的抬頭稱呼開始，就是一封非常正統的信件格式。

馬其小姐知悉：

老朽至今已穿破無數拖鞋，自余有生以來，不曾遇過舒適如您所贈者。三色堇乃是老朽平生最愛，往後看到此花，便會思及送我此鞋的溫柔女孩。順道附上回禮，那是我已故孫女的遺物。不成敬意，還望海涵。若蒙不棄，老朽甚幸。

最後，敬祝您闔家幸福。

詹姆士．羅倫斯敬上

「貝絲妳看，真是好大的榮幸啊。羅利說過，羅倫斯老先生非常珍惜他已故孫女的鋼琴，而他現在把這座鋼琴送給了妳，一定是因為妳有一雙藍色的大眼睛，還有妳也很喜歡音樂。」喬為了讓貝絲平靜下來便這麼說。

梅格靜靜的打開琴蓋。

漢娜說：「小姐，請妳彈彈看吧。好想知道這麼可愛的鋼琴，到底會發出什麼樣的聲音呢？」

貝絲試著彈了幾個琴鍵，是她從未聽過的美妙音色。

「貝絲，我們去隔壁道謝吧。」喬說。她以為貝絲那麼害羞內向，應該不會去。

意外的，貝絲馬上站起來。

「好。我去。趁現在快點去，不然我又會想東想西，就會害怕得不敢去了。」

真令人驚訝，貝絲如此冷靜，緩緩走出庭院。她穿越籬笆，走進了羅倫斯家正門的玄關。

「噢，我的天啊，貝絲小姐是因為這架鋼琴變了一個人嗎？不然怎麼可能這麼做？」

漢娜瞪大了眼睛目送她，姊妹們也訝異得張大了嘴。

不過，她們要是知道貝絲後來又做了什麼事，肯定會更驚訝吧。說真的，就連貝絲自己也想不到她走進去之後馬上就敲了書房的門。

「請進。」一個冷冷的聲音說道。

貝絲走進去，朝著驚訝得不得了的羅倫斯老先生跑過去，伸出手，用顫抖的聲音對他說：「我來向您道謝了，那個——」她無法繼續說下去。老先生的表情看起來非常慈祥。她忘了自己想要說什麼。她突然抱住羅倫斯老先生的脖子，親吻了他一下。

就算房子的屋頂突然掉下來，爺爺也不會這麼驚訝吧？他太高興了，平常的嚴肅臉孔早已不知去向，他把貝絲抱上自己的膝上，用他滿是皺紋的臉碰觸著貝絲薔薇色的臉頰，讓他感覺他那可愛的孫女彷彿死而復生了。貝絲再也不害怕，與老先生說起話來，彷彿自她出生開始兩人就一直是朋友。

爺爺把貝絲送回到家門口，與她握了握手，然後轉身離去。他昂首闊步的姿勢，是那麼的帥氣挺拔。

艾美的罪與罰

有一天，艾美看到羅利騎馬出門，便對姊姊說：「梅格，我覺得羅利花那麼多錢在馬上真是浪費啊，那些錢只要能給我一點點就好了。」

「為什麼？」

「我很需要錢，我欠人家好多。可是還得再等一個月，才輪得到我領零用錢。」

「欠錢？這怎麼回事？」

「我欠人家一打鹽漬**萊姆**呢，正愁沒辦法還人家，媽媽又說不准我們賒帳。」

「妳再說清楚一點，學校裡很流行萊姆嗎？」

「是啊，大家都買萊姆在吃呢。上課時放在桌子下面偷偷吸，下課時有人就用鉛筆或串珠戒指交換萊姆，然後把萊姆送給喜歡的同學，或是故意拿出來炫耀給討厭的人看，一口也不給她吃。大家不是互相交換，就是互相請客，我有時候也會拿到，可是我從來沒有請過別人，我不能不還的，不然會很丟臉。」

「要多少錢才夠呢？」梅格拿出錢包。

「只要有二毛五分就夠了，應該還會剩一點，我也可以請姊姊吃，妳喜歡萊姆嗎？」

「不太喜歡呢，我那份就給妳吧。這些錢妳就拿去，要慎重使用。」

翌日，艾美稍微晚了一點到學校。她把買來的一包萊姆放進抽屜深處時，還是小小炫耀了一番，這個行為非常符合艾美的個性。

很快的，艾美．馬其有二十四顆美味的萊姆這件事在同學之間傳開了。凱蒂．布朗馬上邀請她去參加她家

萊姆（第89頁）

一種柑橘科矮木，原產於印度。果實還是綠色的時候就可以收成，但成熟後會變成黃色。與檸檬很相似。果肉柔軟，酸味重，常用於烹飪，還可調製成果汁、糖漿或酒精飲品。

下次的舞會、瑪麗．金斯雷說要把手表借給她戴，直到下課，但是艾美怎樣都不理會。還有那個在艾美無法請大家吃萊姆時，曾經說些酸話諷刺她的壞心眼同學珍妮．史諾，這下子都說要把超難的數學習題的答案告訴艾美。

那天早上正好有位大人物來學校參觀，注意到艾美畫得很漂亮的地圖，大大稱讚了她一番，珍妮看在眼裡很不是滋味。對此毫不知情的艾美，受到稱讚之後以為自己是學校裡最了不起的人了，得意得不得了。

然而，情勢瞬間就翻轉。就在訪客離開之後，珍妮立刻在發問時間舉起手，向戴維斯老師告狀，說艾美偷藏了萊姆。

戴維斯老師早就說過不可以帶萊姆到學校來，不守規則的人就要在大家面前接受打手心的懲罰。這天，碰巧戴維斯老師早上喝的咖啡太濃了，又由於天氣的關係害他神經痛的老毛病發作，他正有些煩躁，一聽到萊姆，火氣馬上就爆發。

他一下子漲紅了臉，握起拳頭猛敲桌子，嚇得全班都渾身發抖。

「馬其小姐，請妳到這裡來。」

艾美故作鎮靜，站起身來，心裡卻嚇得不得了。

「把妳抽屜裡的萊姆拿來。」

老師又加上這個出其不意的命令。

「不要全部拿出去。」艾美旁邊的同學小聲說。艾美匆匆從袋子裡拿了六個出來，然後把剩下的都拿給了老師。她心想，老師要是聞到這個美味，應該會寬容一點吧。但是很不巧的戴維斯老師特別討厭萊姆，於是就更生氣了。

「這是全部了嗎？」

「還有……」艾美支支吾吾的說。

「全部拿來。」

完蛋了。艾美哀傷的看了她的好朋友們一眼，便照著老師說的做。

「真的只有這些了？」

「老師，我不會騙您的。」

「好，用妳這雙手，一手丟兩顆，把這些違禁品丟到窗外去。」

全班同時發出嘆氣聲，就像是吹起一陣風似的。

艾美覺得丟臉又憤慨，整張臉都紅了。她在窗戶與書桌之間來回走了六趟。我可憐的萊姆啊，這麼多汁的萊姆，多美味啊，戴維斯老師未免太不通情理了。

一個很喜歡萊姆的同學，心痛得忍不住哇的一聲哭了出來。

全部丟完之後，艾美回來了。戴維斯老師咳了一聲說：「各位同學，一個星期前我就說過了，你們都還記得吧。不遵守規則的人是不可能原諒的。聽到沒有？來吧，馬其小姐，伸出妳的手來。」

艾美嚇了一跳，把手往身後藏起，哀求的眼神望著老師。但是老師仍然堅持：

「把手伸出來，馬其小姐。」

艾美的自尊心不容許自己在這時候哭出來，她咬緊牙根，用力把頭一甩，伸出她的小手接受了老師的鞭子，忍受著那火辣辣的疼痛。

「那麼，請妳在講台上罰站到下課為止。」

戴維斯老師一旦處罰了，就決定罰個徹底。

後來的十五分鐘，就像一個小時那麼長。教室裡都是同學看著她的臉，但是艾美把目光放在窗外的煙囪上。她鐵青著臉，一動也不動，抬頭挺胸站著。並在心裡想著，這種痛苦一輩子都不會忘記。

時間終於到了。「今天就到這裡。」老師這句話讓她太開心了。

「妳可以離開了，馬其小姐。」

老師一定也很不開心吧，畢竟本來艾美也是他很喜歡的學生哩。

艾美誰也不理，迅速收拾書本和物品。她在心裡發誓「我再也不來了」，然後走出學校。

她回到家，非常傷心。陸續返家的姊姊們聽了這件事，也感到十分氣憤。梅格幫她在挨打的手心上塗藥膏，還掉了眼淚。貝絲覺得，這樣就算帶小貓來，也安慰不了她。喬氣得七竅生煙，說應該要立刻逮捕戴維斯老師。漢娜則揮舞著拳頭，用力搗著晚餐要吃的馬鈴薯。

當天傍晚，就在學校的大門要關閉之前，出現了喬的身影。她帶著憤怒的表情，直接走向戴維斯老師，然後把媽媽寫的信交給他。那是退學申請書。

「是啊，那就暫時不要去學校好了，但是妳每天都要跟貝絲一起讀書。」那天晚上馬其夫人這麼說。

「我認為體罰是錯的，特別是對女孩子體罰。戴維斯老師的教育方式，我實在不喜歡，同學之間那樣的相處方式我也覺得對妳並不是件好事。所以，我會問爸爸的意見，再把妳轉到其他學校去吧。」

「啊！太好了。最好其他人也別去了，那種爛學校，最好都收不到學生。想到萊姆的事我就生氣，簡直要發狂。」艾美鬆一口氣說。

然而母親卻嚴厲的責備了她：「妳要是提到萊姆的事情，就連媽媽都不覺得妳值得同情。妳破壞了規則，理當是該接受處罰。」

聽媽媽這樣說，就連任性的艾美也不由得沮喪。

喬與憤怒的惡魔

「姊姊，妳們要去哪裡？」

星期六的午後，艾美走進房間，發現梅格與喬正要偷偷外出。

「去哪兒都好。小孩子不要囉唆，不准問。」喬冷冷的答道。

「我知道，妳們是要跟羅利出去玩。昨天你們三個在長椅上講悄悄話，還笑了。我一加入，你們就突然都不說了。妳們要跟羅利一起出去，對吧？」

「嗯，是啦。所以妳就別再撒野了。」

艾美不再說話，但是她瞥見梅格往口袋裡放了一把扇子。

「我知道了，你們要去看戲！你們要去看《七個城堡》。既然如此，我也要去。媽媽說過，那齣戲我也可以看。」

梅格為了安慰她，便說：「媽媽不是說要妳等到下個星期嗎？妳的眼睛還沒有完全痊癒，劇場的強光對妳眼睛不好。妳下次再跟漢娜和貝絲一起去。」

「可是，如果不是跟姊姊或羅利去看就不好玩了。帶我去嘛，梅格，好嘛帶我去啦，我會很乖的。」

「怎麼辦？喬，要帶她去嗎？讓她穿厚一點，我想媽媽也不會說不可以的。」

「我才不要。如果艾美要去，我就不去了。我如果不去的話，羅利一定也會覺得不好玩吧。是羅利邀請我們兩個的，要是我們還帶了艾美去的話，就太失禮了。艾美，人家也沒找妳，不請自來，未免太厚臉皮了。」

喬嘀嘀咕咕叨念著。好不容易想要好好兒玩一玩，才不想帶個小孩子。這下，艾美真的生氣了。她穿起鞋。

艾美說：「我非去不可，梅格也說可以的。我有零用錢，我自己付錢，就不會給羅利造成麻煩了。」

「那可不行。我們的座位都買好了，又不能放妳一個人看。如果妳跑來，以羅利的個性，他一定會把自己的座位讓給妳。這樣一來，我們好不容易要去開心一下，不就整個都毀了？」

匆匆忙忙準備中，喬的手指還戳到了尖銳物，這使她更加不高興，指責了艾美一頓。艾美一隻鞋子穿到一半，就這麼坐在地上，抽抽答答哭了起來。梅格連忙安慰她。

這時候，傳來羅利喊她們的聲音。梅格和喬丟下還在哭泣的艾美，急急忙忙下樓去。三人正要踏出門了，艾美從樓梯的扶手探出身子來，威脅的喊道：「妳給我記住！喬，妳會後悔的！」

「無聊。」

喬回敬了一句之後，便砰的一聲把門關上。

那齣戲真的很好看。《鑽石湖的七個城堡》的舞台相當華麗，內容非常精采。滑稽的紅鬼，或是光芒閃耀的精靈，還有美得讓人目不轉睛的王子公主陸續登場。但是，喬看著看著，心裡某個角落有一點酸楚的感覺。因為舞台上那個精靈的金色髮髮，讓她想起了艾美的頭髮。

看完戲，回到家。艾美正在客廳看書，聽到姊姊們回來的聲音，眼睛抬也不抬一下。喬上了二樓，戰戰兢兢，在房間裡四下查看，看不出抽屜裡的東西有什麼被翻動的痕跡。她心想，艾美大概已經原諒我了吧？

然而事實並非如此。第二天傍晚，喬衝進起居室，臉色很糟。「我的稿子跑去哪裡了？」

梅格與貝絲嚇了一跳。

「我不知道呢。」

只見艾美不作聲，撥著暖爐裡的火。喬發現她的臉頰微微發紅，衝著她問：

「艾美，是妳拿走的吧。」

「我才沒有。」

「妳知道它們在哪裡？」

「我不知道。」

「說謊！」喬突然抓住艾美的肩膀，咄咄逼人，對她大吼。

「我沒有說謊。我完全不知道，我也不可能知道。」

「妳怎麼可能不知道？妳快說，不說的話，我會讓妳說。」喬猛力搖晃著艾美，於是艾美突然激動大喊：

「妳愛怎麼吼就怎麼吼，反正妳再也看不到妳那些無聊的故事了！」

「妳說什麼？」

「因為我已經把它燒了。」

「什麼，妳把我那麼寶貝的稿子燒了？我寫得那麼拚命，想要趕在爸爸回來之前完成的，妳竟然把它燒了？」

喬的臉色鐵青，眼睛裡怒火燃燒，用她氣到發抖的手按住艾美。

「是啊，我燒掉了，我不是跟妳說了嗎？要妳給我記住。」

「妳太過分、太壞了！我再也寫不出來了，我一輩子都不會原諒妳！」

梅格出面替艾美緩頰，貝絲則企圖讓喬冷靜下來，然而喬已經氣到發狂，啪的一聲賞了艾美一個巴掌，就跑出房間去了。

然後她跑上屋頂的閣樓，趴在舊長椅上放聲哭泣。

不久，馬其夫人回來了，暴風雨總算平息下來。母親聽完整件事情，臉色凝重。這時，艾美才感覺到自己對喬做了很惡劣的事。

連母親也覺得喬的稿子非常重要。全家人都認為，那幾篇稿子顯露出喬擁有文學方面的才華。雖然還只是六則童話，對喬來說，那是她傾注心力的作品，她希望將來有機會印刷出版，勤奮努力寫著。而且，她才剛剛重新抄寫一遍，把原來的草稿撕毀丟棄，難怪她那麼傷心，直說著她沒辦法再寫第二次了。

因此，當喬一臉冷漠的走下樓來喝茶時，艾美便鼓起勇氣對她說：「喬，妳原諒我吧，我真的錯了。」

「不，我不原諒妳。」喬立刻拒絕了。

當天晚上，跟母親睡前親吻的時候，母親溫柔對她輕聲說：

「喬，聖經上有句話說不要帶著怒氣入睡。妳們都原諒彼此，互相幫助，明天再帶著新的心情重新來過。」

如果可以的話，喬真想把臉埋在溫柔母親的懷裡哭泣。這樣，心情就能痛快許多吧。但是喬搖搖頭。

「她做了那麼過分的事，不值得我原諒。」

第二天，喬也還是像一朵隨時都要打雷閃電的烏雲。「左看右看，全都是討厭的人。對了，我找羅利去溜冰好了，一定可以一掃陰霾。」

喬自言自語，說著。便出門去了。

溜冰鞋咖嚓咖嚓的聲音傳過來，艾美從窗口看出去。

「哎呀，上次明明約好下次也要帶我去的。冰已經變薄，快要不能溜了。但是，我又不能像上次那樣，硬要跟著她。」

「那還用說？本來就是妳不對。妳把她那麼寶貝的稿子給燒了，她不會輕易原諒妳吧？不過，妳就看準時機去跟她道歉，或許她會心軟。」梅格說。

艾美急急忙忙準備好，追在兩人身後出去了。

溜冰的地方距離河邊不太遠，但是當艾美趕到時，他們兩人都穿好溜冰鞋了。喬看到艾美來了，馬上轉身，背對她。前兩天天氣相當暖和，羅利認為還是先看看冰的狀況。羅利身穿毛皮衣領的上衣和戴著帽子的背影，就像個俄羅斯青年。他沿著岸邊溜出去，可是他沒發現艾美。

一路趕著來的艾美，喘著氣，慌慌張張穿上溜冰鞋，對著她凍僵的手指吹氣。這些聲響，喬都聽到了。但是她沒有回頭看，只是滑著冰，緩緩的蛇行。

這時候，羅利回頭大喊：「沿著岸邊滑！河中央很危險！」

他們相距很遠，喬勉強聽見了，可是在她更後面的艾美應該聽不見吧。喬回頭瞥了一眼，就在這個時候，棲息在她心中的小惡魔附在她耳邊，竊竊私語。

「不論艾美聽見了沒，都跟我沒關係，我才不管。」

羅利的身影繞過一個轉角，便消失不見了。喬往前滑，正要拐過同一個彎的時候，看到艾美往河中心滑了過去。喬突然覺得不對勁，停下了腳步一會兒。不過她沒有多加理會，打算繼續往前。然而，她覺得好像被什麼東西拉了回來，突然回頭看。就在這時候，聽見啪啦啪啦冰塊破裂的聲音。她看到艾美高舉雙手，尖叫著，往下沉。

喬太過驚嚇了，整個人愣住，動也動不了。她想呼叫羅利，卻發不出聲音。她想趕過去，兩隻腳卻完全使不上力。她只能用無比驚恐的表情，盯著浮在黑色水面上的藍色頭巾。

這時，突然有個人從喬的身邊飛奔而過。瞬間就聽到羅利的聲音：「快把柵欄的木條搬過來，快點！快！」

喬自己都不知道自己是怎麼辦到的，只是拚命按照羅利的指示行動。羅利很冷靜。他趴在冰上，使出整隻手臂的力氣用力撐住艾美的身體，直到喬把木條搬來。然後兩人合力，救起艾美。艾美沒有受傷，但是她全身溼透，而且驚嚇過度，不停的發抖。

「來，我們得盡快把她帶回家，用我的外套把艾美包起來吧。」

兩個人一起把像隻落湯雞又哭個不停的艾美帶回家。在一陣忙亂過後，艾美裹

著毛毯在暖爐前睡著了。這中間，喬都沒有開口說話，只是繃著一張慘白的臉。

艾美進入夢鄉之後，整個家裡變得很安靜。馬其夫人把喬叫到身邊，替她包紮她被柵欄木條和溜冰鞋的金屬弄傷的手。

「媽媽，艾美不要緊嗎？」喬打從心底後悔了。

那頭可愛的金髮，只差一點點就要沉沒在可怕的冰下，永遠也看不見了。

「不要緊。她沒有受傷，也沒有感冒的樣子。幸虧你們用衣服緊緊裹住她，並且馬上把她帶回家來。」

「這些都是羅利做的，是我棄艾美不顧。媽媽，如果艾美死了，都是我的錯。」

喬倒在母親的膝邊，淚如雨下。我到底有多好強？幸好是這個結果，真是上天保祐。這麼想著，她眼淚越發流不停。

「噢，媽媽，我該怎麼辦才好？我只要生氣，就像火山爆發似的，會做出很過分的事情來。這樣下去，我一定會變成大家討厭的人。」

「不哭，不哭，不管是誰都會生氣的，媽媽也曾經有過類似的經驗。」

「媽媽您也會生氣嗎？可是，您從來沒有大發脾氣過呀？」

「我可是花了四十年時間才改掉我的壞脾氣呢。即便如此，我也只是把爆發的火山壓下來而已。其實啊，喬，我到現在也沒有不生氣的日子呢。」

「啊，是嗎？這麼說來，有一次馬其姑婆亂說了一些話，媽媽就緊閉著嘴走出房間去了，就是像那種狀況嗎？」

「是啊，我把心裡快要爆炸的火藥硬吞下去。如果還是很危險，就趁機逃走，一個人獨處，讓心情冷靜下來。」

「嗯，這真是個好方法。這是誰教您的？」

「是我的母親，也就是妳們的外婆教我的。可是，自從她去世之後，就沒有人可以幫我了，這使得我非常難過。我好痛苦，哭過很多次，直到很多年之後，我遇到妳們的爸爸，生活過得幸福了，就忘了這些脾氣了。但是妳們幾個孩子誕生，生活必需品又不是全都買得起，貧窮比什麼都辛苦，所以又再次感到痛苦。」

「原來是這樣。那，這次又是誰幫妳的呢？」

「是妳們的爸爸。他說，如果希望把孩子們教成好女孩，最重要的是以妳為榜樣，他總是這樣鼓勵我。」

母親的嘴角微微顫抖，淚水濕潤了眼睛。喬發現，那是因為母親想起了身在戰地的父親而悲傷。

「對不起，媽媽，但是我真的很高興可以對您無話不談。」

「可以的，喬。妳的辛苦現在才剛要開始，妳會一點一點變得更堅強的。為了讓自己更堅強，就要像爸爸說的，要時時小心注意，不要輸給『心中的惡魔』。」

睡覺中的艾美，抖動了一下，嘆了口氣。喬露出過去不曾有過的溫柔表情。

「要不是有羅利，可能已經造成無法挽回的遺憾了。為什麼我會這麼壞心眼呢？」

喬俯身，看著妹妹，輕輕撫摸她披散在枕頭上的鬈髮，感觸很深的喃喃自語著。艾美像是聽見了這些話似的，睜開了眼睛，微微一笑，然後伸出雙手。喬內心一陣感動。

兩個人一句話都沒有說，緊緊互相擁抱著。

梅格與借來的禮服

「我的運氣真是太好了，金先生的孩子剛好就在這個時候出了疹子。」

梅格把要帶的東西收進旅行箱，動作迅速俐落。那是四月的某一天，妹妹們都聚在她身邊，幫忙收拾行李。

「而且啊，安妮．莫法特還記得我們的約定，我好感動，可以去玩整整兩個星期呢。」

喬張開她像風車一樣的長雙臂，幫忙摺疊著裙子。

「天氣又這麼好，真是太棒了。」

貝絲正在挑選自己珍藏的蝴蝶結，想借給梅格。

「我也好想像妳這樣打扮得漂漂亮亮的啊。」艾美把大頭針整理得整整齊齊，插在梅格的針包上。

「如果大家都能去就好了。等我回來，我會把有趣的事情全部告訴妳們。不過，妳們把妳們的寶貝借給我，我講這麼一點小事實在也報答不了妳們。」

「媽媽借什麼給妳？」艾美問。

「一雙絲襪，還有她那把美麗的扇子，和漂亮的藍色腰帶。」

每一件都是媽媽珍藏在箱子裡，充滿回憶的物品。

「那個箱子裡面，還有一套美麗的珍珠項鍊跟手環。但是媽媽說，年輕人配鮮花比較適合，就沒借我。於是羅利給了我花。我想，如果我有一件紫羅蘭色的絲綢禮服就好了。」

「不過有這件舞會用的薄紗禮服應該就夠了。穿上這件白色禮服，姊姊就像天使一樣呢。」艾美開心的說。

「可是這件衣服的領口不夠大，裙長也不夠長。算了，把平常用的藍色連身裙反過來，重新縫一縫，再換上新的扣子，就可以像新衣服一樣了。只不過，絹絲外套退流行了，帽子也比莎莉的醜。還有，我很不想這樣講，可是這傘真的是令人失望。我拜託媽媽買白色柄的黑傘，但她弄錯了，買了黃色柄的綠色傘。這傘是很堅固、很清爽沒錯，我也不能抱怨什麼，但如果跟有金色裝飾的絹布傘比起來，一定很丟人。」

梅格嘆了口氣。

喬便說：「拿去換不就好了？」

「那可不行，我不想讓媽媽傷心。是我自己笨，有絲襪跟兩副新手套已經很好了。謝謝妳也借給我，喬。還有平常用的已經洗乾淨可以帶去，我覺得自己好像有錢人了。」

梅格看了手套盒幾眼，稍微恢復了精神。但是，當貝絲把洗好的白色內衣拿來給她時，她又覺得好像不太夠。

「安妮．莫法特的睡帽上，有藍色和粉紅色的蝴蝶結呢，妳也幫我加一點上去好嗎？」

「不行，我反對。妳穿的是樸素的睡衣，卻要配上帶有蝴蝶結的睡帽？這很奇怪啊。窮人就不要裝模作樣。」喬斬釘截鐵的反對。

「哪一天才能成為可以穿真正的蕾絲睡衣，在帽子上加蝴蝶結的人呢。」梅格很懊惱。

貝絲用她一貫的平靜語氣插嘴道：「姊姊，前一陣子妳才剛說過，如果能去莫法特小姐家就已經很幸福了。」

「哎呀，真的呢！我已經很幸福了，不能再抱怨。只是，人真的是擁有越多就會越貪心呢。」梅格看著那件薄紗白禮服，開心的說。

「好，這樣就全部都準備好了。」

第二天也是大好晴天。梅格出發了，迎向愉快的兩個星期。

其實，原先馬其夫人並不樂意讓梅格去莫法特家。可是梅格死命懇求，而一起收到邀請的莎莉也說她會照顧梅格，馬其夫人想想偶爾讓孩子去玩一趟也好，這才答應了。因此，這是梅格有生以來第一次要去體驗上流社會的生活。

莫法特家的生活非常奢華，還沒見過什麼世面的梅格一開始很怯場，可是相處之後發現，他們也是很平凡的人，只不過在梅格眼中，他們吃的是豪華大餐，乘著馬車到處逛，每天盛裝打扮吃喝玩樂，這樣的日子實在精采。

梅格也漸漸模仿起他們的動作和談話的樣子，裝模作樣，擺架子，有時還穿插幾句法語，也捲起頭髮或是拉著裙襬走路。她看著安妮·莫法特所擁有的各種物件，每一項都覺得羨慕。她嘆氣，覺得有錢真好。

梅格和她們家的三個女孩整天購物、散步、騎馬、拜訪、看戲，每天忙得很。大家都對她很好，喊她「小雛菊小姐」，聽得她心花怒放。

舞會之夜來臨。這時梅格發現，如果她穿的是薄紗長裙，可能會很奇怪。其他女孩都穿薄禮服，非常美麗，梅格那唯一一件的好衣服，與安妮的新衣比起來，就是寒酸。

但其實誰也沒有拿衣服的事情來說三道四。莎莉幫她綁頭髮，安妮幫她繫上她藍色的腰帶。安妮的姊姊貝兒還誇梅格的臂膀白皙美麗。大家都對梅格很親切，但是她反而覺得大家只是可憐她很窮。鑽起了牛角尖。

這時候僕人送了一盒花進來，安妮馬上打開蓋子，盒子裡是以**歐石楠**和**蕨類植物**襯托的美麗玫瑰，大家驚呼讚嘆。

「又是要送給貝兒的吧，真美麗。」安妮大聲喊道。

僕人說：「送花來的人說是要給馬其小姐，這裡附了一封信。」

「哇！好棒啊！是誰送的呢？我們竟然一點都不知道妳有男朋友！」

少女們興奮的圍繞著梅格。

「信是我母親寫的，花是羅利送的。」

梅格回答，很慎重的把信收進口袋裡。安妮看了，便取笑說：「咦？真的嗎？」

歐石楠

又稱為石楠。杜鵑花科的常綠矮木，約有五百種。分佈在南非、地中海沿岸和歐洲等地，花色有白、粉紅、紅、紫紅色等。

梅格很高興，羅利沒有忘記他們的約定。

託他的福，梅格恢復了精神。她挑出三朵玫瑰和一點蕨類留給自己，再把餘下的都拿來做成可以裝飾頭髮或衣服的花飾，慷慨的分送給大家，獲得許多好評。

當晚，梅格跳舞跳得很盡興。安妮推舉她出來唱歌，眾人稱讚這歌聲是少見的美妙。某位陸軍少校還向人打聽「那個有一雙美麗眼睛的可愛女孩是誰」，發現他跟梅格的父親很熟。而胖呼呼的莫法特先生也來邀她，非要與她跳一支舞不可。

然而過了一會，梅格在溫室中稍事休息時，聽到繁花錦簇的另一邊傳來這樣的對話：

「那個女孩幾歲？」

「十六、七歲吧？」

蕨類植物

在植物界的一萬種植物之中，蕨類植物占了很大部分。大多數蕨類植物都是地下莖，然後再長出葉或根。

「馬其家的人跟羅倫斯家往來密切，那位老先生好像很疼愛那幾個女孩子。」

「馬其夫人早就算計好了吧？真是很會佈局。」說這話的人是莫法特夫人。

「那孩子還騙人家說那是媽媽寫來的信。花送到的時候她整張臉都紅了。真可憐，要是她有一套像樣的衣服穿，一定很漂亮吧。星期四的舞會，我們如果說要借她一套禮服，她會不會不高興啊？」

「是啊，她自尊心很強，但是我想她不會不喜歡吧。她也只有那件舊了的薄紗長裙。今晚說不定就弄破了，萬一破了我們就有藉口借她衣服了。」

「原來如此。我來招待羅倫斯家的少爺吧，對那女孩表現善意，一定很有意思。」

這時候梅格的舞伴拿了冰淇淋來。但是梅格卻紅著臉，情緒有些激動。

確實，梅格的自尊心很強。但是正因為自尊心強，對於剛才聽到的那些風言風語，她也能按下憤怒與懊惱，並不會表現在臉上。梅格再怎麼天真，也懂得那些話裡面的意思。什麼「馬其夫人算計好了」，「騙人說是媽媽寫的信」等等。這些話她很想忘掉，卻不斷在她心中浮現。她好想大哭。

真想飛奔回家，把這些痛苦說出來，希望媽媽能教她該怎麼辦。但是現在不可能回家，她只能裝出很開朗的樣子。沒有人發現梅格在心裡如此壓抑。

舞會結束，回到房裡，直到一個人時，梅格才鬆懈下來。她躺在床上，眼淚流個不停，冷冷的淚流在發燙的臉頰上。她像一個突然從自由自在的孩子世界裡被丟出來的人，心情非常混亂。

可憐的梅格，幾乎無法入眠。第二天早上，她的眼睛發腫，起床時帶著一種悲慘的心情，甚至感到憤怒。聽到那種話的時候，為什麼沒有當場立即把話說出來，沒有把誤會解釋清楚呢？自己都覺得自己可恥。

由於是舞會過後的第二天，早上大家都很累，好像沒有什麼精神。過了中午，大家才終於要開始編織毛線。梅格很快就發現，朋友對她的態度不一樣了，她們比以往更加客氣有禮。如果和她們說話，她們會很溫柔的傾聽，也很明顯帶著好奇眼神。這對梅格來說是完全料想不到的事，這種感覺並不壞。直到貝兒的話，才讓她明白原因何在。

貝兒一直在寫著信，這時才抬起頭來，語意深長的對梅格說：「小雛菊，下個星期四的舞會，我已經招待了妳的好朋友羅倫斯先生。」

「謝謝妳，但是那位先生恐怕不會來呢。」

「咦？為什麼？」

「他年紀太大了。」

「哎，妳真會開玩笑，當然是請年輕的那位啊。」

梅格希望這個對話快點結束，但此時莎莉開口問她：「妳下次要穿哪一件？」

「我穿那件白色的，我也沒有別的了。」

於是貝兒又插嘴說：「如果妳肯穿我那件天空藍的絲綢禮服，我會很開心的。」

「謝謝，但是我覺得自己的舊衣服很好。」

「不要這樣講嘛，我可是很想讓妳像灰姑娘那樣，讓大家驚為天人呢。好嗎？」

人家這樣講，梅格也不好拒絕了。而且「讓大家驚為天人」的自己，會是什麼樣子呢？她也想看看。於是她就依著貝兒的話，不知不覺也把昨晚的討厭感覺拋到腦後了。

星期四的傍晚，貝兒把梅格帶到休息室。貝兒與法國籍的僕人一起把梅格打扮成一個美麗的淑女。她們把梅格的頭髮弄捲，在她的脖子和手臂上拍香粉，在嘴唇塗上珊瑚色的口紅。要不是梅格拒絕了，她們還會在她臉頰上塗胭紅哩。

天空藍的禮服很緊，綁得梅格簡直不能呼吸。而且領口開到肩膀那麼寬，鏡子中她的模樣看起來很難為情，梅格不由得滿臉通紅。

接著又給她戴上一套銀製的首飾。手環、項鍊、胸針，還有耳環，是女僕歐坦絲用粉紅色的絲帶巧妙的幫她繫上去的耳環。

胸口有一束玫瑰花蕊，加上蕾絲的皺摺裝飾，使她不至於太在意開得太寬的領口。

腳上是藍色絲綢高跟鞋。那是梅格一直以來夢想要穿上的鞋。可以說，這真是最棒的打扮了。手上再拿著蕾絲手帕和**羽毛扇**，加上一束插在銀紙筒中的花束，這就大功告成了。

貝兒像是個幫洋娃娃換上新衣服而歡喜的小孩，看著梅格，表情很滿意。女僕歐坦絲比出很誇張的手勢，摻雜著法語說：「小姐，您真是好有魅力，真是迷人的美女啊！」

「來，給大家瞧一瞧吧！」

貝兒走在前頭，領著梅格，來到朋友們等待的房間裡。梅格手拉起長長的裙襬，走起路來耳環叮噹作響，內心雀躍不已。她覺得有趣的事情終於降臨了。「妳是個可愛的美人」，鏡子確實這麼告訴她。

朋友們紛紛恭維她，她聽了好開心。梅格覺得自己像是伊索寓言中穿上孔雀羽毛的烏鴉一樣，身旁的女孩們就像是圍繞著烏鴉的喜鵲，嘰嘰喳喳講個不停。

羽毛扇（第119頁）

貝兒心滿意足，交代一下之後便走了出去。

「我也得去換衣服了。南，妳來教她穿長裙和穿高跟鞋走路的祕訣吧，她可不能絆倒。克拉瑞，用妳的銀色蝴蝶髮夾幫她夾住左邊的長鬈髮。她可是我的完美作品，別讓人碰她。」

這時鈴聲響了。有人來通報說是莫法特夫人叫她們去。梅格小小聲對莎莉說：

「我不敢下去。我覺得好怪，身體好僵硬，好像半裸著身子。」

莎莉覺得梅格比自己美，但是不讓梅格感覺她在意這件事，若無其事答道：

「這不像平常的妳呢，不過真的很美，我可比不上妳。貝兒的品味真好，可以弄成她想要的樣子。妳現在看起來就像個法國美女。那束花，就掛在手上好了，別太在意。最重要的是要小心，別絆倒了。」

梅格按照她說的，留意著腳步，安全走下樓梯，來到客廳。那裡已經聚集了莫法特家的人和幾位提早抵達的客人。

梅格很快發現，在這樣的上流階層裡面，只要穿上華美服裝就能得到尊敬。過去完全不看梅格一眼的千金小姐們，這時就像換了個人似的，不斷向對她吹捧了起來；在先前的舞會上還只看她幾眼的年輕紳士，不但是盯著她看，還找她攀談，說著想要多認識她這類言不及義的話。

幾位坐在沙發上對著客人品頭論足的老太太也對梅格感興趣了，探問著那位姑娘是誰。莫法特夫人對著其中一位女士這麼回答：

「她是馬其家的小雛菊，父親是陸軍上校，在這一帶也是一流的家世，只是她們家破產了。羅倫斯家跟她們很要好。她是個好女孩，我們家奈德對她可熱情了。」

「哎呀呀，真不錯呀。」老太太把**單眼鏡片**舉了起來，又看了一下梅格。

單眼鏡片
套在單隻眼睛的眼窩處用的眼鏡片。

梅格當作沒聽見，但是她對莫法特夫人的胡說八道感到詫異。

梅格覺得很奇妙，可是既然出席了舞會，就像是走上舞台演戲，僅管她很介意這身借來的禮服和首飾，仍然盡量把上流社會的貴婦人角色演好。她搧著扇子，聽著年輕人談笑，裝作很感興趣。可是下一刻她就笑不出來了，因為她突然看到羅利就站在她面前。

羅利露出訝異的表情，盯著她瞧，梅格漲紅了臉。更讓她困擾的是，就在不遠處，貝兒用手肘輕輕撞了撞安妮，她們兩人正在盯著自己跟羅利看呢。

但是她無路可退了。梅格搖曳著裙襬，走近羅利，伸出手跟他握手。

「歡迎。我以為你不會來呢。」

「喬要我來查看一下。」

「是嗎？那你準備怎麼跟她說？」

「我會跟她說，妳一點都不像妳了，我根本認不出妳來。」

「你不喜歡現在的我吧？」

「是啊，我不喜歡打扮得花枝招展的人。」

「真沒禮貌，我不理你了。」

梅格很生氣，走到窗邊去。她聽到有位走過她身邊的年輕少校對他的母親說：

「那位美麗的小姐被大家當成玩具了。我本來希望母親您看的是那個女孩原本的樣子，可是今晚她不過是個人偶而已。」

是那位先前在舞會上見過的陸軍少校。

梅格嘆了一口氣：「我真是傻瓜，應該多想一下的。我要是穿自己的衣服就不會有這種丟臉的感覺了。」

梅格喜歡的華爾滋舞曲開始了，但是想藏身在窗簾後面，便站著不動，把額頭靠在冰冷的玻璃窗上。

過了一會兒，有人上前來，拍了她的肩膀。是羅利。他一臉歉疚，行了個禮：

「剛才真抱歉。請跟我跳舞吧。」

「你不是討厭我嗎？」

「我怎麼可能討厭妳？我雖然不喜歡這件禮服，但是妳還是很漂亮呀。」

梅格笑了。

「那請你小心，別踩到我的裙子。竟然穿這樣的衣服，我真是笨死了。」

兩人的舞蹈很有默契，看起來十分賞心悅目。

但是不知道為什麼覺得很喘，梅格離開跳舞的人群，羅利幫她用扇子搧風時，梅格小聲地說出心裡話：

「不要把我當成壞女孩，我只是想嘗試一下有趣的事，現在我懂了，這樣一點也不好玩。」

「哎呀，是奈德．莫法特來了，他有何貴幹？」

羅利皺起眉頭，一臉困惑。梅格繼續演下去。「他說想跟我跳三支舞，他甚至把我的名字寫在筆記本上了。真令人頭疼。」

這句話讓羅利相當開心。

那之後，兩人沒有再交談。晚宴開始。在餐桌上，羅利看著梅格，再也無法保持沉默。因為梅格正在和奈德與他的朋友費雪一起喝著香檳談笑。在羅利看來，奈德與費雪是兩個蠢蛋。羅利把自己當成是保護馬其家少女們的哥哥，於是走到她身邊，悄悄給她一點忠告。

「喝這麼多，妳明天頭一定會很痛。換作是我就不會喝了，梅格。」

然而梅格擠出笑，回答他：「我今晚不是梅格。我只是一個做了很多傻事的『人偶』。到了明天，我就會丟掉這些花枝招展的首飾，再做回一個乖女孩。」

「既然如此，我希望明天快點到。」羅利這樣喃喃自語，便走開了。他一點也不喜歡變成這種態度的梅格。

梅格跟其他的小姐們一樣，跳舞、胡鬧、聊天、嘻笑，活蹦亂跳的樣子，讓人看了簡直要為她捏把冷汗。好不容易撐到了舞會結束，羅利去向她說再見時，她的頭痛得很厲害，但她勉強笑著向他道再見。

安妮盯著他們兩人看，表情頗有意思。梅格已經累壞了，馬上就躺上床睡覺。第二天她因為不舒服，整天躺在床上，星期六便拖著疲憊的身子回家了。

「啊，再沒有別的地方比自己的家更好了。」

星期日晚上，等到只有梅格與母親和喬三個人的時候，梅格想一股腦兒把事情全部說出來。

「我知道自己真的是很蠢，但是請妳們聽我說。」

梅格把她在莫法特家中無意間聽到的謠言說出來了。母親聽了感到很遺憾。

「我希望可以趕快忘記這些，答應讓妳去那些人家裡去，是我不好。」

「媽媽，別擔心。我覺得您讓我去真是太好了。經過這次讓我很清楚知道我還是個想法膚淺的孩子。」

匹克威克社團

到了春天，歡樂又增加了。白天變長，下午的工作跟遊戲時間也拉長了。姊妹們區分出地盤，各自種植美麗的花朵。

「哪一區是哪一位小姐的，一目了然。」漢娜說。

梅格的園地是玫瑰、**香水草**和**桃金孃**，此外還有一株小小的橙樹。喬的花壇從來沒有兩年連續種同一種花的紀錄，她永遠都在實驗種植新的花。今年她要改種向日葵，她說要用這些長得很好的植物和它的種子做母雞跟小雞群的飼料。

貝絲種了香味迷人的花，以及甜豆、**木樨**、石竹、三色堇和苦艾，還有要給小鳥的**繁縷**跟貓最喜歡的貓薄荷。

艾美準備了一個小亭子。**忍冬**或牽牛花可以攀著這個小涼亭，只要開花，就會像是一個完美的花圈裝飾。她還零星種了白百合、蕨類植物等等，每一種都是很適合種在涼亭畔的植物。

天氣好的日子，她們就這樣照顧庭院、到河裡乘小船或是在原野上摘花。下雨天，她們就在家裡也可以玩得很開心，而且還是很講究的玩法。

其中之一就是匹克威克社。那是模仿當時很流行的祕密社團。大家都喜歡英國作家**狄更斯**的小說，所以就以《匹克威克外傳》這部作品為名。還把第一個字母縮寫 P.C. 縫在緞帶上，作成胸章。

每個星期六晚上，在閣樓裡會舉行例行會議。桌上放著檯燈，這個機構的報紙就是《匹克威克週報》。四個人都是記者，都會編寫稿子投稿，而總編輯是喬。每個人都從狄更斯作品裡找了一個緣由，各自取了筆名。

香水草
紫草科天芥菜屬的小型矮木。原產於秘魯，開紫色或藤色、白色的花，香味很濃。

梅格的筆名是會長匹克威克，喬叫做文書史諾格拉斯，貝絲是詩人塔普曼，艾美老是提出一些自己辦不到的事，所以就是溫克，他們每一位都是男性。

這天晚上，匹克威克戴著沒有鏡片的眼鏡，咳了幾聲，然後對著躺在椅子上的史諾格拉斯瞪了一眼，便開始讀起週報（請參考次頁）。

廣告欄上有一則烹飪講習會的通知，講習會的講師是漢娜・布朗。還有一則貝絲・班沙的洋娃娃服裝店開幕介紹。也有新戲的廣告。小小小的專欄內容也是相當辛辣。

桃金孃（第128頁）

桃金孃科的常綠矮木。分布於沖繩、中國南部、馬來西亞等地。花是淡紫紅色，非常美麗。

匹克威克週報

紀念日慶祝歌

同伴們齊來歡慶
戴上會章，莊嚴肅穆
匹克威克會堂，就在今夜
第五十二回慶紀念
全體成員，身強體健
從未有人退會
熟悉的面孔　再度相見
熱情的雙手　互相緊握

匹克威克會長
戴著眼鏡　大聲閱讀
內容精采豐富的週報
眾人歡聲讚美
史諾格拉斯　接著登場
黝黑的臉龐散發光芒
看啊　他眉頭充滿雄心壯志
鼻上還有墨痕

和平主義的塔普曼
粉紅色臉頰多惹人憐
聽著笑話大笑不止
不慎跌落在地

討人喜歡的溫克
一絲不苟的髮型
人人稱道的禮儀模範
美中不足的是從不洗臉

過了一年　我們　我們還在這裡
遊戲　玩笑　閱讀
我們的週報　永遠榮耀
歲歲年年永遠
我們的匹克威克社

——A·史諾格拉斯

化裝舞會婚禮
——威尼斯故事——

貢多拉小船三三兩兩划到了大理石階梯下，留下美麗的賓客們後，陸續離去。有了這些美麗賓客的加入，使得群聚在亞德蘭伯爵家大廳中的人潮更加洶湧了。騎士、貴婦、精靈、小廝、僧侶、賣花姑娘，眾人歡喜起舞。隨著音樂，化裝舞會喧鬧進行著。

一位吟遊詩人，態度有禮，詢問一起舞蹈前進的精靈女王：「女王，您見過今晚的薇歐拉公主了嗎？」

「見過了，她實在太美了！雖然說她看起來很悲傷的樣子。

她的服裝也十分高雅迷人。不過，一星期之後，她就要嫁給她最討厭的安東尼奧伯爵了。」

「我真羨慕伯爵。您瞧，他出現了。除了那副黑色面具之外，他已經一身新郎官的打扮。把那副面具脫下來之後，不知道他會如何看待怎樣都不肯接受他的公主呢？因為，公主是被嚴厲的父親硬逼著出嫁的。」

「聽說，公主愛上了一位年輕的英國畫家。可是這畫家被年老的伯爵父親趕走了。」

宴會正酣之際，一名僧侶出現了。他帶領著年輕的伯爵與公主走向一間掛著紫色天鵝絨帷幕的房間，並且要他們在那裡跪下。

喧鬧聲突然停止，四周一片寂靜，只聽到噴水池的嘩嘩水聲，還有沐浴在月光下的橘樹林裡樹葉搖晃的聲音。

終於，亞德蘭伯爵開口說話了：「各位紳士各位淑女們，今晚由我策劃，邀請大家來到此處，是為了小女的結婚儀式，請大家見諒。神父，請您開始舉行儀式吧。」

眾人的眼光一齊轉向新郎新娘，同時響起一陣驚訝的聲音，像漣漪似的激盪開來。因為新郎新娘都沒有摘下面具。眾人止不住的好奇心。典禮結束，人們圍在伯爵身邊，要他說個清楚。

「我也很想對你們說明啊。但這完全是小女一時興起，我也抵擋不住她的熱情，只能順從她的意思。你們兩個別再胡鬧了，快摘下面具，接受我們的祝福吧。」

年輕的新郎摘下面具，露出的卻是公主所愛的那位畫家，費迪南．戴維魯，那張氣質高尚的臉。這位新郎胸口戴著一枚象徵英國伯爵的星形動章，動章閃閃發亮。而美麗的薇歐拉公主，掩不住欣喜之情，倚靠在他胸前。

「閣下，您曾經嘲笑我，若能贏得不遜於安東尼奧伯爵的名聲與財富，就能向公主求婚。我現在已經得到了超乎於此的價值。戴維魯和德維亞伯爵贈與我的財富，也把他歷史悠久的姓氏賜給了我，您應當無法再拒絕將這位美麗的女子交給我。」

伯爵像石頭似的僵住了。費迪南的臉上，泛起陽光般的笑容。他又接著說：

「朋友們，我要告訴你們，我經由這個化裝舞會婚禮娶得美嬌娘，我熱切期望你們也能像我一樣，得到美麗又可愛的新娘。」

—S．匹克威克

慘痛的事件

上星期五，我家的地下室傳來一聲巨響，接著聽到一聲慘叫。我們幾人一同趕去，發現原來是我們親愛的會長摔倒在地。這位會長，到該處去取家用的柴火時，不知被什麼物品絆住，摔了一跤。現場狀況慘不忍睹。我們很快將會長救出，發現只有數處瘀傷。所幸復原狀況良好。

（記者）

訃聞

謹此悲慟通知，我們的好友，雪球巴特波夫人，離奇失蹤了。夫人的美貌相當受到近鄰的矚目，她高貴的氣質與高尚的禮儀受到眾人喜愛。因此，失去了夫人是我們社會整體的悲哀。

匹克威克大人鈞鑒：

我寫信給大人是因為罪人溫克所犯下的罪行。他在開會時大笑並且沒有為新聞寫稿帶給本社團困擾請您原諒他的無禮因為他的功課太多並且腦筋不好自己寫不出來所以這次用法國寓言故事寄稿下次一定會好好寫稿我學校快遲到了所以得趕著去上學了。

N．溫克

註記：

（這封信，展現了勇於認錯的男子氣概。不過，這位年輕的作者，若能多多學習標點符號的用法，應該會更好一點。）

「給P：你洗手時老是抹太多肥皂，難怪早餐時間總是遲到。給S：走在鎮上的大馬路時，請不要吹口哨。給T：艾美的餐巾你別忘了。給W：請不要為自己衣服上的九個褶子消失了就覺得煩惱。」

最後是以本名列出的成績單。這是禮貌評分。

「本週的成績。梅格：優。喬：劣。貝絲：特優。艾美：尚可。」

會長讀完新聞之後，大家齊聲鼓掌。接著，史諾格拉斯站了起來，提出一個提案。

「會長及各位紳士們，我在此推薦一位新會員。他是非常適合入會的人物，如果准許他入會，無疑的我會深表感謝。對本社團來說，他不但可以援助我們的活動，也能提高新聞的文學價值，我相信將會非常愉快。因此，我在此推薦西奧多・羅倫斯先生成為我們的特別會員。好啦，加他啦。」

喬突然改變口吻，惹得大家都笑了。史諾格拉斯再度坐下。但是會員們個個滿臉困擾，默不作聲。因此會長便說道：

「那麼，我們表決吧，贊成的人請說『贊成』。」

史諾格拉斯率先大喊「贊成」。接著是貝絲，她猶

木樨（第128頁）
木樨草科，一年生草本植物。原產於北非。高度約五十公分。夏天會開出綠白色的花。

繁縷（第128頁）
石竹科的草本植物。葉子呈尖形，顏色為淺綠。春夏開花，花色白。

豫著說「贊成」，大家感到有點驚訝。
「那麼，反對的人請說『反對』。」
梅格與艾美是反對的。溫克站了起來。
「我認為我們不要讓男生入會比較好。男生都只會胡鬧，這裡是女性的社團，我希望這裡只有我們家的人就好，我希望可以徹底做到品行高尚。」
「我怕他會把我們的新聞當笑話，事後再拿這些來嘲弄我們。」匹克威克說。
於是，史諾格拉斯站了起來：「會長，我以紳士的身分發誓，羅利絕對不是這種人。他是有品味的文學家，我們平常受他諸多照顧，卻沒有為他做過什麼，至少我們可以依他的期望讓他入會，熱烈歡迎他呀。」
「沒錯。我認為應該要讓他入會。如果他願意的

忍冬（第128頁）

忍冬科的纏繞性半年常綠木本植物。廣泛分佈於日本和亞洲東北部的山區。樹枝蔓生之後會捲纏住其他東西。初夏開花，花色白或淡紅。

話，他爺爺也可以入會。」

貝絲堅定的態度讓大家十分驚訝。喬從位子上站起，與貝絲握手。

「那麼各位，我們再一次為羅利想想看再回答吧。」

「贊成！贊成！贊成！」

「謝謝大家，那麼事不宜遲，我馬上就為大家介紹新會員！」

在大家驚訝之際，喬打開了壁櫥。只見羅利竟然坐在一個破布袋上，強忍著笑。

「哇，太過分了，喬，妳這個叛徒！」

三人吵吵鬧鬧，史諾格拉斯很得意，把好友拉出來，把會章交給他，然後要他速速坐在會員席上。

新會員這才安穩下來，慢慢兒站起身來。

狄更斯（第129頁）

查爾斯·狄更斯（一八一二～一八七〇年），英國小說家。以自身體驗為本，描述底層民眾的生活，並以帶有幽默感的手法批判社會不公義。代表作有《小氣財神》、《塊肉餘生記》、《雙城記》等。

「會長大人，以及各位淑女，啊、不，各位紳士，我是社團的新會員，我叫山姆．威勒。」

威勒，也是出現在《匹克威克外傳》中的一個滑稽家僕的名字。羅利帶著敬愛之心，繼續說：

「我把話說在前頭，今天晚上的計謀都不是剛才介紹我的好朋友策劃的。一切都是我的計畫，是我一直逼迫她，她才勉為其難答應。但我賭上自己的名譽，以後我不會再做這種事。」

「算了，算了。」喬非常開心，拿起**暖壺**，敲得鏘鏘作響。

「好。現在呢，為了增進兩家的友誼，我想在兩國之間的邊境，也就是那道牆的牆角下，設置一個郵局。那裡原本是一個**燕子**窩，大致上各種物品都放得進去。

暖壺

利用熱水來保溫的一種用具。材質有金屬製成與陶製，注入熱水後抱在身上，有暖身之效。

這個設置可以大大節省我們雙方的時間，我們兩國都各有一把鑰匙，我想一切都會很順利的進行。

「那麼就讓我送上鑰匙。最後，讓我對各位的善意致上萬分謝意。」

山姆．威勒拿出一把小小的鑰匙，放在桌上。響起一陣熱烈的鼓掌。暖壺的聲音也敲得響叮噹。沒有任何人反悔讓山姆．威勒入會。

這個郵局很小，但是非常有價值。大家都很高興，也都用得很勤，用它來郵寄各種東西，連真正的郵局都要甘拜下風。從劇本的稿子到領帶、詩、醃漬品、花草，到信、樂譜、薑餅，還有橡膠鞋、邀請卡，以及投訴信函，甚至小狗。

就連羅倫斯老先生也會送來莫名其妙的留言或奇怪

燕子（第137頁）

燕科的鳥類。背部是藍黑色，腹部是白色。是一種候鳥，在春天和秋天會飛往不同氣候的國度。

的電報，大家玩得很開心。

暑假的實驗

「終於六月了。金先生一家人明天起要去海邊，我可以放假了，三個月的暑假呢。啊！好開心！」梅格回到家這麼說。

天氣很熱。喬趴在長椅上不動，這種情況很少見。貝絲正在幫她脫下那雙沾滿塵土的鞋子。艾美則在調製檸檬水，要幫大家提神。

「馬其姑婆也是今天去了海邊，我真是無事一身輕啊。要是她叫我一起去，我就很難開溜了。本來馬其姑婆搭上馬車之後，我就放下心了，誰知道她到最後關頭還是讓我嚇了一跳。馬車開出去之後，姑婆突然探出頭來說『喬瑟芬，妳也……』後面說什麼我哪敢聽啊？我連忙向後轉，趕快跑。」

「可憐的喬，簡直像是被熊追趕似的，衝回家來。」貝絲像個母親一般輕撫著喬的腳。

「放假期間，妳要做什麼呢？」艾美這麼問。

梅格回答：「我要好好兒睡覺，什麼也不做。到處閒晃。整個冬天我每天都很早起床在為別人工作。放假就是我好好休息，悠哉過日子的時候了。」

「嗯？這好像不合妳的個性。難得的休假，應該要善用一番才對啊。」艾美說：「我要暫時休息不讀書了。貝絲，我們也像姊姊她們一樣大玩特玩，悠閒過日子吧。」

「媽媽，應該可以吧？」

梅格坐在「媽媽專用席」，回頭看正在做針線活的媽媽問道。

「不知道這樣做是好是壞，那麼我們試個一星期看看吧。我相信妳們到星期六晚上就會明白，不論是一直玩或是一直工作，都很辛苦。」

「絕對不會有這種事的，我想一定好玩得不得了。」梅格已經蠢蠢欲動了。

大家一起把檸檬汁喝完，慶祝美好假期的開始。於是她們決定，實驗一開始就先來個四處閒晃。一個人吃早餐一點也不好吃，而且房間裡東西散亂，感覺很冷清。突然發現只有「媽媽專用席」一如以往整理得很整齊，看起來清清爽爽。

喬整個早上都跟羅利在河邊玩，下午，她在蘋果樹上一面看書一面哭。

貝絲想把放洋娃娃的櫃子整個翻出來，但是她翻到一半就放棄了。她想到不必洗碗就覺得幸運，便去彈鋼琴，一直彈著。

艾美把庭院裡的小涼亭整理乾淨，然後穿上純白的正式服裝，把**畫架**放在忍冬樹下，站著畫畫。她想，如果有人正好路過，問起「這位年輕的畫家是誰啊」，那該多好。但是，除了吵死人的**長腳蚊**之外，沒有人上前來看。她覺得太無聊了，便走亭子去散步，不料遇上一

畫架

作畫的時候，用來架住畫布或畫板的檯子。

陣驟雨，把她淋得像個落湯雞。

梅格則是拿出自己珍藏的衣服，想修改成流行的款式，結果她一剪刀剪下去，把衣服毀了。

喬看了太多書，看到眼睛痛而煩躁不已，還跟羅利吵了一架。

母親笑看這一切，什麼話也沒說。她只要漢娜幫忙她把家中打掃一番，讓家裡一切順利運作。

沒有人想承認已經對這個「隨你玩到飽」的實驗覺得厭煩了。到了星期五晚上，大家都為了這星期只剩下一天就結束了而暗自開心。

馬其夫人是很有幽默感的人，她想為這項實驗做一個完美的總結，因此她讓漢娜明天放假，讓她出門去。

星期六早上，姊妹們起床一看，這是怎麼了？廚房

長腳蚊

雙翅類，大蚊科的昆蟲總稱。分布於世界各地。有長長的腳與翅膀，與蚊子類似。

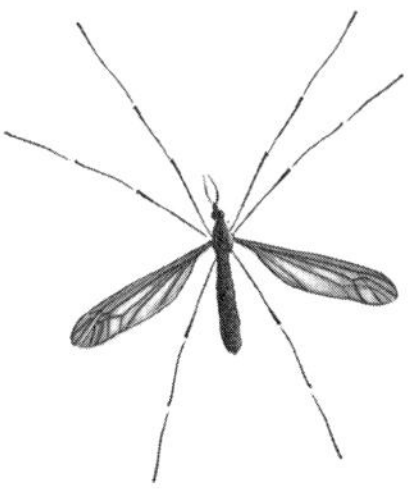

沒有生火，早餐也沒人準備，就連媽媽也不見蹤影。

「咦？究竟是怎麼回事？」喬四下張望。梅格跑上二樓，卻立刻帶著像是安心卻又失落的愧疚表情走下來。

「媽媽並沒有生病，她說她只是太累了，今天想安靜休息一天，真是少見，我們自己來做一點事吧。」

「那簡單，我早就想動手做些事了。」喬說。

很快的，梅格與喬動手準備早餐。她們不知道原來做早餐這麼費工夫。好不容易做好了，梅格一派主婦口吻說道：「來，先把這個端到媽媽房裡去。」

喬把早餐排列在托盤上，然後端到二樓去。

「看起來不太好吃。」她說著，把早餐端給媽媽。喬走出房間之後，馬其夫人大笑。茶煮太久了，又黑又苦。煎蛋燒焦了，比司吉麵包的蘇打粉都結成塊了。

「哎呀，看來她們一定是慌了手腳，不過這是一帖良藥。」馬其夫人說著，把自己早就準備好的早餐拿出來，然後偷偷收拾掉這些不好吃的。

眾人不知真相，還以為媽媽把早餐全都吃下去了，非常高興。等到自己開動的時候，才發現根本難以下嚥。一派主婦模樣的梅格，非常懊惱。

「好，接著換我來做午餐。姊姊，你今天演太太的角色，只管招呼客人，指揮我們就好了。」喬幹勁十足。明明廚房的事情她比梅格還要不懂。

可是喬充滿自信。她決定要招待羅利來吃午餐，藉此與他和好，於是寄了一封午餐的招待信給羅利。

然而要用什麼材料才好呢？找了母親商量，母親這樣說：「妳去買喜歡的東西吧，不要什麼都來問我，我現在很討厭家事，今天就拜託不要打擾我了。」

這一來，喬也手足無措了。

「我們家怎麼了？一切都不對勁了。」

她喃喃自語，走下樓卻聽到貝絲的哭聲。

「咦？貝絲在哭？真是不對勁，這就是最好的證據。」

她趕忙跑到客廳，只見貝絲站在**金絲雀**啾啾前面啜泣。她忘記餵牠飼料，害牠餓死了。太可憐了，牠像是正在乞食一樣，小爪子伸得直挺挺的。

「都是我不好，我不要再養小鳥了。啊！啾啾！像我這樣的壞孩子，實在沒有資格養鳥。」

貝絲頹然坐在地板上，雙手捧著金絲雀哭泣。

但是喬這時顧不了貝絲。她把後續事情交代給梅格，便走向廚房。她不知道該從哪裡開始，但是又想管他的，總有辦法的。於是她穿上大圍裙。

她準備先清洗堆積如山的盤子。正想洗時，爐火熄了，沒有熱水。

「糟糕糟糕，這不是個好預兆啊。」

喬掀開**灶**蓋，努力攪動還在燃燒的餘燼。看起來火又重新燒起來了。她趁著煮水的時間，出門去買東西。

金絲雀（第145頁）

燕雀科的鳥類，體形嬌小，羽毛色彩鮮豔討喜，鳴叫聲優美，早在十七世紀的英國即已開始由人工培育，進入家庭成為寵物。

她在街上走著，完全恢復精神，覺得自己買到很划算的東西，一臉得意回到家裡。但是，她買的蝦子太小了，草莓一點都不甜，而蘆筍也太老了。

她很失望，這時突然又發現，完蛋了，生麵團從灶上烤麵包的鍋子裡滿了出來。漢娜已經把麵團發了，小心的梅格又發了一次，放在灶上，忘記了。

「姊！麵團從鍋子裡滿出來了，這是說，麵團已經發得很夠了吧？」

喬滿身麵粉，頭髮亂七八糟，她打開客廳的門大叫這時，梅格正在跟來訪的莎莉．佳迪納談天。莎莉忍不住笑了出來。梅格嚇得眉毛挑得老高。像個瘋婆子似的喬，也慌慌張張躲回廚房去。

馬其夫人四處看了看，大概掌握了狀況，安慰了貝

灶

烹煮東西的設備。爐體是由土、石、磚瓦等製造。以燃燒煤氣、木炭、木柴等為燃料生火後使用。

絲後，便走出家門。

看到媽媽戴著那頂鼠灰色的帽子消失在街角轉彎處，姊妹們突然心裡一酸，覺得無助。偏偏這時候客人來了。母親出去不久後，克洛克小姐繞了過來，說想來吃中飯。

這位克洛克小姐長得乾乾瘦瘦，是位單身女郎。她有著高挺的尖鼻子，很多話，什麼事情都要追根究柢，四姊妹都很討厭她，但是她年紀大了，又沒有朋友，所以媽媽說要對她好一點。沒辦法，梅格只好請她坐在安樂椅上。

於是廚房只剩下喬一個人努力奮戰，但是做菜竟然這麼難，她把又老又硬的蘆筍煮了一個小時，以為終於煮軟了，沒想到較軟的蘆筍頭都化掉了。麵包烤成焦黑，為了調製沙拉醬，她吃盡苦頭，最後終於放棄。總算把蝦殼剝掉之後，發現裡面的蝦肉少得可憐，完全被陪襯的萵苣給蓋住。牛奶凍的表面都是顆粒。草莓買到便宜貨，整盒只有第一排是成熟可吃的。

（也罷，萬一真不行，用奶油加麵包也還能撐過去吧。）

喬搖著鈴，一面想著。這個午飯鈴聲比往常晚了三十分鐘。但是一想到羅利吃慣了好東西，克洛克小姐一定會拿這件事情當話題，到處去散播吧？喬垂頭喪氣，往餐桌旁坐下。

果然，大家每打開一盤，就把叉子放下一次。喬真想躲到桌子底下去。艾美哧哧笑起來，梅格一臉痛苦。克洛克小姐扁著嘴。只有羅利一個人，努力說話逗大家笑，想炒熱這個午餐會的氣氛。

唯一能期待的，只剩飯後水果了。喬在水果上塗了許多糖跟奶油，而且盡量選熟透的草莓，這下應該不會出錯了。看起來很酸無法入口的，她都挑掉了，還可以吃的少得可憐，喬決定自己不吃。裝著草莓的玻璃盤在大家手中傳遞，草莓在奶油波浪中漂浮著，像是可愛的粉紅色小島，大家都覺得這應該很美味。

克洛克小姐率先品嘗。她才吃了一口，馬上噗的一聲皺起眉頭，連忙拿起杯子喝水。喬看向羅利，羅利癟了癟嘴，卻還是一口氣吃光，但是他眼睛盯著盤子看。艾美一心以為漂亮的東西一定很好吃，用湯匙舀了一大口往嘴裡送，結果馬上嗆到，用餐巾遮著臉，跑走了。

「到底怎麼了？」喬用顫抖的聲音說。

「鹹的。那不是糖，是鹽，而且奶油是酸的。」梅格哀傷的說。

喬好沮喪，倒在椅子上。匆忙之中，她把糖跟鹽弄錯了。而且奶油也忘記收進**冰箱**。喬整張臉發燙，差點就要哭出來了，她與羅利四目相對。

從羅利的眼神來看，他不用一秒鐘就可以笑出來。喬突然也覺得整件事很滑稽，於是第一個笑出來。笑著笑著，連眼淚都流出來了。大家也紛紛大笑。就連「牢騷小姐」克洛克小姐，都笑到肚子痛。也因此，這頓可怕的午餐，就在麵包奶油配醃漬品與笑聲中歡喜落幕。

冰箱

十九世紀初，英國、美國陸續發明出冰箱的雛型，南北戰爭時，由於北方的冰塊無法運往南方，加速了冰箱的商業化。

午後，大家一起為貝絲的鳥舉行葬禮。羅利在羊齒樹的樹蔭下挖了一個洞。我們這位溫柔的主人貝絲，用雙手將啾啾埋葬，伴隨著眼淚。大家小心翼翼，把苔蘚覆蓋在墓上，然後在墓碑上掛上紫羅蘭跟繁縷做成的花圈。

儀式結束，貝絲躲進房間裡。羅利用馬車載艾美出去外面散步。梅格幫喬收拾餐桌。

馬其夫人回到家，面露微笑。她看到天氣這麼熱，女兒們卻都勤奮工作著，她想：這個實驗是成功的。

快樂的露營

貝絲是郵局局長。因為她很少出門，幾乎都在家，可以很規律的做這份工作，而且她也很喜歡每天拿著那把小鑰匙打開郵局的門，然後分送郵件。

七月的某一天，貝絲兩手抱著滿滿的信件和包裹走進屋裡，然後像郵差一樣到處發送。

「媽媽，這是您的花。真佩服羅利永遠都不會忘記呢。」貝絲說著，把剛剪下的花束插在媽媽位子旁的花瓶裡。

「梅格．馬其小姐，您有一封信和一只手套。」

「哎呀，我應該是把兩只手套都忘在隔壁才對。只送回來一只太奇怪了。另外一只，妳是不是掉在院子裡了？」梅格收下灰色的木棉手套，疑惑的問。

「沒有，郵局裡就只放了一只。」
「討厭。只有一只。算了，應該不久就會找到吧。這封信是布魯克先生寄的。我請他把一首德文歌曲翻譯給我。妳看，他的字跟羅利的字大不相同吧？」
馬其夫人看了梅格一眼，梅格穿著很普通的格子棉布衫，但非常美麗。梅格沒察覺母親在想什麼，哼著歌，手上做著針線活，動作飛快。母親微微一笑。
「喬老師，您有一封信跟一本書，還有一頂奇怪的舊帽子。這頂帽子體積很大，所以它從郵局的箱子裡掉出來了。」
「啊，是羅利。我說我每天都在太陽底下曬，曬得臉都發燙了，如果流行帽沿寬一點的帽子就好了。羅利說，別在意流不流行，就盡量戴帽沿寬一點的帽子吧，我就說如果有我就戴，這一定是特別為我送來的。好吧，很有意思，我就戴吧。」
喬說著便把那頂帽子戴在柏拉圖的半身像上，然後打開了信封。
親愛的喬：

明天，有一群從英國來的孩子要來我們家玩，我相信大家會玩得很快樂。那天如果天氣好，我們打算在隆美多草原地搭帳篷，大家一起划船、野餐、玩**槌球**，升起營火，熱熱鬧鬧玩兒一場。

他們都很好相處，都喜歡這些戶外活動。布魯克老師也會一起來，擔任男孩的教練。女孩子就由凱特．波恩來幫忙照料。我希望妳們也來玩。

貝絲也一定要來喔，沒有任何人會讓她感到困擾。吃的東西不用擔心，我會負責準備，其他的事情也全部交給我，妳們只要人來就好了，他們都是好孩子，別擔心。那就這麼說定了。

十萬火急　羅利

槌球

一種戶外球戲。起源於法國，流傳到英國之後，在十九世紀盛行。遊戲方式是在出發點與折返點的球柱之間打球，而起點與返點之間設置了幾個ㄇ字型的小鐵門，參與者以木槌擊打小木球，使木球穿越小門，如此穿梭前進，最早將球打到終點（出發點的球柱）的人為勝。

「哇！羅利真闊氣！媽媽，我們可以去吧？會幫羅利很多忙的。我會划船，梅格可以幫忙做午餐，貝絲或艾美一定也能幫上一點忙。」

「波恩家的人，如果是大人我就不去。喬，你認識他們嗎？」梅格說。

「我只知道他們有四個人。凱特比姊姊大一點，佛瑞德跟法蘭克是雙胞胎，年紀跟我差不多。還有個妹妹叫葛麗絲，我想大概九歲或十歲吧。羅利是在國外認識他們的。」

「太好了。我那件**印花布**的衣服洗乾淨了，就在野餐時穿出來，很適合。喬，那妳要穿什麼衣服？」

「我穿紅色和灰色相間的運動衫去。我要划船，還要到處跑，所以不能穿得處處小心的上等衣服。貝絲，

印花布

以手繪或是印染方式，把花鳥或幾何圖案染印在木綿布或是絲綢等的布料上。以印度、爪哇、泰國等地的印花布特別知名。

妳會去吧？」

「只要沒有陌生的男孩子來跟我說話。」

「我不會讓這種事情發生。」

「我想幫羅利。喬，妳可以陪在我身邊嗎？」

「可以啊，我會陪著妳。對，妳害羞的毛病要早一點改過來。來，大家加油！為了明天能痛快玩一場，今天就做兩天份的工作吧。」

隔天早上，承接了前一天的好天氣，陽光探進四姊妹的房間裡來。出現一個很有趣的畫面。

大家還躺在床上，顯然昨晚在睡前各自做了準備。梅格為了讓劉海整齊的垂下來，比平常多用了一層紙捲頭髮。喬在她曬黑的臉上塗了滿滿的冷霜。貝絲為了今天整天都無法跟她的洋娃娃喬安娜作伴，所以緊緊抱著娃娃。而艾美還是期待她那已經無望的鼻子可以再高一點，就用洗衣夾夾著鼻子。

這個景象，太陽公公看了也會笑出來吧，太陽整片灑進房裡。喬突然睜開眼睛，醒來。看到艾美的鼻子，她放聲大笑。大家都跳了起來。

明亮的陽光與笑聲，就是這快樂的一天的序幕。不久後，兩家都喧騰起來。

貝絲最快準備好，她陸續向大家報告隔壁鄰居的狀況。

「不知道是誰扛著帳篷先去了，派克阿姨在把午餐裝進野餐籃還是什麼大籃子裡。哎呀，爺爺抬頭看著天空呢。爺爺如果也去就好了。

「噢，羅利出來了。他像個帥氣的水手。啊，馬車來了，坐滿了人。一個高個子女人跟一個小女孩，好像還有兩個很可怕的男孩子。其中一個跛著腳，真可憐，他拄著枴杖。羅利怎麼沒說。

「快點，大家快一點，我們要遲到了。咦？奈德．莫法特也來了。梅格，是那個人吧？你看！就是有一次在街上對著姊姊行禮的人。」

「真的是呢。咦？莎莉也來了。喬，妳來看一下，我穿這樣會不會很奇怪？」

梅格轉過身去讓她看。

「嗯，很美啊。對了，衣服要往上拉一點，帽子戴正一點比較好吧。前面帽沿如果太高，風一吹就會把帽子吹走。快，我們走吧。」

「哎呀！喬，妳打算戴這頂滑稽的草帽嗎？拜託不要，這不是特地去讓人嘲笑嗎？」

「當然要，我就打算戴這頂。我很喜歡啊，可以遮太陽，又很輕，而且很舒服，最重要的是我戴它覺得很愉快。」

喬說著，就走出門了。大家就跟在她後面。各自穿上適合自己的衣服，花俏的帽子，一個個臉上都是開心的表情，簡直是一支美少女隊伍。

羅利上前來迎接她們，然後把她們介紹給自己的朋友。草坪上到處是熱鬧的招呼聲。

梅格看到已經二十歲的凱特穿著樸素的衣服，非常高興。奈德對梅格說，他是為了可以見到她所以才來的，這使她十分歡喜。

喬想起來，羅利每一次提到凱特的時候總是苦著一張臉。這下她明白了。這位小姐一副高傲又冷淡的態度，讓人覺得難以親近。

貝絲靜靜看著兩個男孩，跛腳的那個男孩看起來很虛弱，她想對他好一點。

艾美見到葛麗絲，覺得她有禮貌又開朗。她們兩人對望了一陣子，很快就打成一片。

帳篷、午餐和槌球的道具，都事先送到對岸了。因此他們一行人分坐兩艘小船，划船過去。羅倫斯老先生站在岸邊，揮手送他們。

羅利跟喬負責划一艘船，另一艘則由布魯克和奈德當划船手。

喬的怪帽子惹得大家笑哈哈，馬上就趕走了彼此間拘謹客套的氣氛。每當她划槳時，巨大的帽沿就啪嗒啪嗒的搧起陣陣清涼的風。喬還說，如果下起驟雨，這頂帽子還能當傘用。

一開始，凱特看到喬非常驚訝，因為喬就像個男孩子，槳掉落時，會大叫「哎唷，完蛋了！」羅利不小心絆倒時，喬會上前安慰說「你還好吧？」她把眼鏡重新戴上，仔細打量喬，發現她雖然和一般女孩不大一樣，可是很聰明，於是她隔著一段距離，對喬報以微笑。

另一艘船上有梅格，她正巧與划船手面對面坐著。擔任划船手的布魯克先生看著美麗的梅格，特別起勁，表演了一手華麗的划船技術。

布魯克先生有一對褐色的眼睛，說話的嗓音很溫柔，是個認真而沉默寡言的人。梅格很喜歡他那種沉靜的態度，而且他學富五車，就像一部活字典，十分令人尊敬。布魯克先生不常找梅格攀談，但是一直看著她。梅格覺得自己至少沒有惹他討厭。

奈德剛進大學，會擺出一副新鮮人的架子。他稱不上多麼聰明，但是人很好，而且很開朗，恰好很適合這種野餐活動。莎莉．佳迪納一面擔心著自己的白色衣服會弄髒，一面與佛瑞德講話。佛瑞德只會胡鬧，讓貝絲心驚膽戰的。

隆美多草原地並不遠。一行人抵達的時候，帳篷已經架好了，槌球的球門也都釘好了。在這片舒適的草原中央，有三棵枝葉繁茂的橡樹，四周則有最適合玩槌球的平坦草地。

大家發出歡呼聲，紛紛下船，上岸了。

「歡迎大家來到羅倫斯夏令營！」年輕的主人羅利說。

「布魯克老師是司令官，我是炊事官，其他的男孩子是參謀，女生都是客人。我為各位搭了帳篷，請自由使用。那邊的橡樹樹蔭是客廳，這裡是餐廳，另外一棵是廚房。好，趁著現在天氣還不熱，我們先來打一場槌球吧，接著再吃午餐。」

法蘭克、貝絲、艾美和葛麗絲坐著當觀眾。其他八個人則下場比賽。布魯克選了梅格、凱特、佛瑞德在自己這組，羅利則選了喬、莎莉和奈德。兩組人馬各自用球棍打著自己的球，在六個球門之間穿梭。假如不小心兩隊的球與球太過接近，就會被對方的球撞開。哪一隊的球先碰到終點柱，那一隊就得勝。槌球是一種好玩而刺激的遊戲。

布魯克隊非常厲害，但是羅利隊也不弱，兩隊互不相讓，比賽相當激烈。

喬與佛瑞德好幾次起了衝突，有一次差點要大打出手。

喬幾次在就要把球打進最後一個球門的時候錯過機會，為此她很焦躁。輪到緊追在後的佛瑞德打了。他打出去，球撞到球門，結果倒退了約三公分。

佛瑞德以為沒有人看到，便跑上前假裝查看球的位置，然後迅速用鞋跟踢了一下球，讓球滾到比較好打的位置。

「我的球進了！我超越喬，變成第一名了。」他喊著，再一次舉起球棍要打下去。這時候喬生氣了。

「你推了球了吧？我看見了，所以現在輪到我了。」喬說。

「我怎麼可能推球？球也許滾動了一下，但是那應該沒關係吧？妳讓開，我要抵達終點了。」

「哼，在美國，這種作弊是不管用的。」

「走開，美國佬的狡猾，全世界都知道。」佛瑞德反駁，接著把喬的球打掉。

喬正要張口反擊，說出更激烈的話。她臉漲得通紅，努力壓抑了自己的憤怒。她用這股氣憤敲打鐵柱，站了一會兒。這時，佛瑞德已經打出最後一擊，讓自己的球順利抵達。他得意洋洋，表示自己大功告成。喬跑去找她那顆被打飛出去的球，花了很多時間才在草叢中找到。

她得打好幾球才能回到原來的位置。終於回到那位置之後，其他人差不多都分出勝負了，只有凱特的球還在終點柱旁邊，大家上前觀看最後的勝負。

佛瑞德焦躁的大喊：「凱特，妳放棄吧。喬還要向我報仇呢，她一定會報仇的，妳輸定了。」

於是喬便說：「美國人習慣對自己的敵人寬大。」

佛瑞德不由得臉紅了。

「特別是打敗對方的時候。」喬又加上一句，然後故意不碰到凱特的球，用巧妙的打法取得勝利。

羅利高興得把帽子往上拋，但是突然發現自己是主人，看到客人輸了還這麼開心，是很沒禮貌的，於是他小聲對喬說：

「喬，幹得好。那傢伙作弊，我也看到了，但是我不能把話說得太白。我想佛瑞德以後不會再做這種事了吧，我保證。」

梅格也把喬叫過去，裝作幫她整理散亂的頭髮，一面稱讚她：「很不甘心是吧？不過妳能忍下來，真是太了不起了，喬。」

「不要這樣讚美我，梅格，我到現在還是很想去賞他一巴掌。」

司令官布魯克看了看時鐘，對大家喊：「就要中午了，炊事官，請指揮我們生火跟汲水。這當中我和梅格小姐、莎莉小姐三個人來準備餐桌。有沒有人擅長煮咖啡呢？」

「喬可以。」

梅格把自己的妹妹拉出來。喬也覺得這正是展現自己學習成果的好機會，於是幹勁十足，著手準備咖啡壺。

另一方面，年紀較小的一組去收集枯枝。少年們用枯枝來生火，到附近的泉水去汲水。

不久，司令官與部下們就攤開桌布，在桌上把食物和飲料排列成秀色可餐的模樣，再以美麗的綠葉裝飾。咖啡煮好後，喬便通知大家可以開動了。大家都是年輕人，而且忙了一陣子，這會兒個個都大口大口吃起來。

真是非常愉快的一頓午餐。一切都那麼新鮮，那麼有趣，大夥兒數度發出爆笑聲。每當笑聲響起，在附近悠閒吃草的老馬都會嚇一跳。

由於這張餐桌凹凸不平，一不小心就會打翻盤子或杯子。栗子掉進牛奶裡，小黑蟻不請自來，舔起砂糖。噁心的毛毛蟲從樹枝的縫隙中跑來參觀。遠方，有三個髮色土黃的小孩子一直在偷看。在河的對岸，卻有隻凶惡的雜種狗朝這裡狂吠。

「這裡有鹽，如果妳需要的話。」羅利把一盤草莓遞給喬，一面說。

「謝謝你，我覺得加點蜘蛛比較好。」喬答道，指著兩隻不小心掉在奶油中正在掙扎的蜘蛛。

「今天的午餐這麼棒，幹嘛又要提醒我那次可怕的午餐會呢，你真的很壞。」喬說完，兩人大笑。由於餐具不夠的緣故，他們就用同一個盤子吃了起來。

「很少遇到那麼有趣的事情啊，怎麼可能忘記？今天也是，不是我請大家吃飯，我什麼也沒做，一切都是你跟梅格還有布魯克先生安排的。我都不知道要怎麼感謝你們呢。對了，吃飽之後接著要做什麼？」

午餐吃完，羅利覺得自己的任務已經完成。

「在天氣變涼之前，來玩個什麼遊戲吧。我帶了撲克牌來。我想，凱特小姐一定有一些新奇好玩的遊戲。你去請教她吧。她是客人，你要多陪著她才好。」

「妳也是客人吧？我想，她跟布魯克先生玩就好了。布魯克先生也真是的，只跟梅格說話，凱特才會戴上那圓圓的眼鏡，不斷打量他們兩人。那，我去了。我才不用妳教我禮儀呢。喬，這不像妳啊。」

凱特．波恩果然知道一些奇特的遊戲，於是大家便聚集在樹下的「客廳」，開始玩起「故事接龍」。

先由一個人起頭，講什麼奇怪的故事都可以，盡情的講，講到精采時就一定要停下來，然後由下一個人接下去，悲劇喜劇都可以，全都混在一起接起來，最後完成的故事一定會引發爆笑。

布魯克先生起頭的騎士故事，變成了鬼故事，然後脫軌變成海盜船，在沉入海中的箱子中撿到人魚，然後被拋棄在荒野，被繪畫班的女孩子找到，她打開箱子吃了一驚，原來是無頭騎士。要用什麼的頭來代替呢？白菜！於是騎士們又復活了——接下來會怎麼樣呢？真是太愚蠢了！

「真心話大冒險」也充滿夢想，大家玩得很開心，聊得很起勁。

以喬為中心的這邊，奈德與法蘭克、小女孩們玩牌，凱特在一旁打開素描簿，梅格則看著凱特畫畫。在另一邊，布魯克先生拿著書卻沒有看，只是舒服的躺在草地上。

梅格與凱特從畫畫聊起，話題越聊越遠。

「哇！我要是也會畫畫不知道多好。」

「為什麼妳不學？」

「我沒有時間。」

「妳可以請家庭教師教妳啊？」

「我沒有家庭教師。」

「啊，說得也是，在美國大家都是去上學校。」

「我也沒有去學校上學，我自己就在當家庭教師。」

「哦！這樣啊。」凱特說，聽起來語氣就像在說「真受不了！」讓梅格感到自卑得不得了。

布魯克先生突然抬起臉來，對梅格說：「妳喜歡德語歌嗎？」

「喜歡，我覺得德語很美！」

因為這句話，樹蔭下展開了一場意外的德語課。話雖如此，卻是一堂很愉快的課，梅格認真一字一字跟著念。能夠教導梅格，也讓布魯克先生開心得不得了。

下午的槌球比賽也風風火火的進行，最後愉快的結束。

傍晚，一行人回來了，在早上集合的羅倫斯家庭院中互相道別。波恩家族接下來要前往加拿大。

看著馬其家四姊妹穿過庭院的草地回家，凱特很放鬆的說：「美國女孩雖然魯莽，可是深入認識之後會發現她們都是善良率直的人。」

「的確如此。」布魯克先生答道。

心中的城堡

一個悶熱的九月午後，羅利躺在院子裡的吊床上搖來搖去，心想：不知道隔壁的女孩們在做什麼呢？不過他懶得跑去看。羅利的心情很不好。

這時，他聽見熱鬧的說話聲，是隔壁的四姊妹。

「她們打算做什麼？」

羅利睜開惺忪的睡眼，看到她們的打扮都很奇怪。

四個人都戴著帽沿足以搧風的大草帽，肩上扛著褐色的麻布袋，還拄著長拐杖。梅格拿著一個坐墊，喬帶了一本書，貝絲提著籃子，艾美拿著紙夾板。她們悄悄穿過庭院，鑽過後門，往房子後面的山丘上爬。

「太過分了，竟然把我丟下跑去野餐。」

羅利自言自語。他跳進庭院，越過籬笆，追著已經看不見身影的少女們。山丘上是一片稀疏的松林。林蔭下，陣陣談話聲聽起來比溫柔的松風、蟋蟀聲更悅耳。

「哇，在這裡眺望景色真不錯。」羅利睡意全消。那裡的風景美得像一幅畫。

四姊妹坐在樹蔭下，陽光隱約從樹枝縫隙間灑下，清香的涼風輕輕拂動她們的頭髮。

梅格坐在坐墊上，白皙的手輕巧流暢的縫著衣物。她粉紅色的衣服襯著綠葉，身姿宛如一朵玫瑰花。貝絲正在撿拾松果，準備用松果來製作各種可愛的玩具。艾美對著羊齒樹寫生。喬大聲朗讀，手上還一邊編織著東西。

看著她們，羅利突然感到寂寞，她們沒有邀請

吊床（第169頁）

以粗繩編製而成的一種寢具。把繩索編成兩端細、中央寬廣的網子狀，可吊起使用。在室內就垂吊在兩根柱子之間，在室外則吊在樹與樹之間。

我，我怎麼好意思出聲，只是他也不打算就此打道回府。

羅利一直站著不動，有隻松鼠可能錯以為他是樹，從旁邊的松樹溜下來時，才發現他是人，吱吱叫著逃走。這個聲音引得貝絲抬起頭來，發現羅利站在那裡，便對他微微一笑。

「我可以加入嗎？會不會打擾到妳們？」羅利說著，緩緩靠近。

梅格吊起眉毛，喬瞪了她一眼，馬上說：「當然可以，我本來想約你，但是又覺得你可能會認為這種女孩子的玩意很無聊。」

「妳們做的事情，我才不會覺得無聊。但是如果梅格不喜歡，我也可以回去。」

於是梅格說：「若是你在這裡可以幫我們做一點事情，那便無妨。要是什麼事都不做，那就不行。」

「若妳們讓我加入，要我做什麼都行。」羅利開心的坐了下來。

「那麼，在我織好這隻襪子的腳踝之前，讀這本書給我聽。」

「好呀。」

羅利接下書，開始讀。為了答謝她們讓他加入，他很認真的讀出來。那個故事並不長，很快就讀完了。休息了一會兒，羅利說：「我可以問一個問題嗎？妳們這個遊戲是在玩什麼？」

姊妹們怕惹他笑，猶豫了。最後喬還是回答了：

「我們為了不想浪費這個暑假，都認真做著自己的工作。暑假快結束了，我們的工作也幾乎都做完了。

「媽媽說希望我們多多呼吸外面的空氣，於是我們就決定到這裡來把剩下的工作做完，打扮成這樣，順便玩我們的『天路歷程』。

「我們把這個山丘稱為『快樂山丘』。你看，景色是不是很棒？」

羅利站起身來，往喬指出的方向看去。

森林開闊處，有青青河流，河的彼岸是一座寬廣的牧場，綿延到遠方小鎮，牧場的盡頭，層層的翠綠山峰與天空相連，即將下山的秋陽將天空染成一片美麗的顏色。山巒的頂端，有金色與紫色的雲朵繚繞，就像是「天國之都」的教堂尖塔，高聳天際。

「真美。」羅利很有感觸，低聲說道。

「喬看著這片景色，很想當一個農民，養豬養雞，製作乾草飼料等等，那也是很好的日子啊。但是我想，如果真有一個國度像天空那麼美麗，要是我哪天可以去該多好。就像故事中講的，去朝聖。」貝絲陷入沉思。

沒有人接話。

談話中斷了一陣子。

不久，喬說：「如果真的有我們在心中描繪的城堡，又可以住在那裡的話，不知道該有多好。」

「我的心中有許多那樣的城堡，我不知道該選哪一個才好。」

羅利在草地上趴了下來。

「選一個最喜歡的不就好了?是什麼樣的城堡?」梅格問道。

「我如果說了，妳們也得說唷。」

「好啊，如果大家都說的話。」

「當然，那就從羅利開始。」

「我呢，我想環遊世界，盡情旅行，最後住在德國，學習音樂。我要成為一名音樂家，全世界的人都來聽我的音樂。我不要為了錢或工作而心煩，我要做自己喜歡的事，那就是我最喜歡的城堡。梅格呢？」

梅格靜靜揮著一片羊齒樹葉，緩緩說：

「我想住在漂亮的房子裡。有好吃的食物、漂亮的衣服，還有豪華的家具，相處起來很舒服的人。這是很有錢的家，家裡有許多僕人，所以我不需要做什麼。多開心呀！但是我也不會閒著，我會對大家都很好，希望大家都愛我。」

「妳的城堡中沒有丈夫嗎？」

「我不是已經說了，跟相處起來很舒服的人在一起？」

「哎呀姊姊，你為什麼不乾脆清楚說明是跟聰明又帥氣的丈夫，還有天使般的孩子們在一起呢？那才是最重要的吧？」喬絲毫不客氣的發動攻擊。

「我猜，妳的城堡裡大概只要有馬跟墨水還有書而已吧？」梅格隨即反擊。

「沒錯。如果有許多阿拉伯良駒的馬房，塞滿書本的房間就好了。我要用魔法墨水寫小說。然後很快的，我的書就像羅利的音樂一樣有名。

「但是我在進入那個城堡之前，想做一件轟轟烈烈的事，讓世界上的人都驚訝，等我死了之後還會流芳百世。但那究竟是什麼事呢，我現在還不知道，不過我應該還是會寫書，那才符合我的本性。然後我會變得很有錢，很有名。總之，那是我的夢想。」

「我只要能跟爸爸媽媽住在一起，可以幫上忙，那就夠了。」貝絲說。

「我有好多願望呀。不過我最大的願望是當一個畫家，然後去到羅馬。我要畫出了不起的畫，變成世界第一流的畫家。」這是艾美在心中描繪的城堡。

「貝絲真是太客氣了，不像我們的願望都好大，只是不知道我們當中誰能真的實現願望。」羅利像小牛一樣嚼著草這樣說。

「十年後，真令人期待。」喬說。

「在那之前，我真希望能做一些能令我自豪的事，但是我很懶惰。」

「你只要有機會的話就一定可以。媽媽說過的，只要有機會，你一定能做出一番事業。」

「真的？」羅利猛的坐了起來。

「我首先得讓爺爺高興才行，我也想讓他高興，但是，爺爺希望我繼承他的事業，做貿易商。要我做那個的話，還不如一槍打死我算了。我如果當上船主，就會希望那些載著茶葉、絲綢、香料的無聊船隻都趕快沉到海裡吧。

「我去上大學也只是為了爺爺。都是爺爺已經決定了，我別無選擇。除非我能像我父親那樣離開家裡，任性妄為，那就另當別論。只要有人能陪在爺爺身邊，我明天就想離開。」

羅利想憑自己的力量在外闖蕩，對於他的痛苦，喬十分同情。

「這樣的話，你乾脆搭上爺爺的船，隨便去哪裡好了，然後就可以張開翅膀，直到膩了才回家。」

但是，梅格像個母親一樣責備她：

「不可以的，喬，妳不能說這種話。羅利，你不能當真喔。你還是得按照爺爺的意思做才行。除了你，沒有人能陪在爺爺身邊，所以你現在要做好自己該做的事，不要讓布魯克先生困擾，認真讀書。」

「你為什麼知道我讓布魯克老師生氣？」

「布魯克老師回去的時候，我看他的表情就知道了。」

「我好驚訝。」

「因為我們真的把你當成自己兄弟一樣關心啊。」

不久，聽見遠方的鈴聲。那是漢娜的通知，到了回家吃晚飯的時間。

當天晚飯過後，貝絲到隔壁去為羅倫斯老先生彈鋼琴。羅利站在窗簾後，凝視著在音樂聲中沉浸於回憶的爺爺，然後他想著下午在山丘上的談話。

（我還是放棄自己心裡描繪的城堡吧。只要爺爺還活著，我就要跟他一起生活，畢竟爺爺只有我這麼一個親人了。）

羅利明快的做了決定。

祕密

時序進入十月，白天逐漸縮短，天氣也轉涼了。喬每天都在屋頂的閣樓裡忙碌。溫暖的陽光從高高的窗戶射進來，喬坐在舊長椅上，珍惜著這段僅僅二、三小時的時間，於攤開在行李箱上的紙上振筆疾書。

那一天，她同樣專注寫作。寫到最後一行，加上花俏的簽名，然後丟下筆。

「好，我盡全力了。如果這次還不行的話，也只好繼續熬，等到我寫出更好的作品再說吧。」

她靠著長椅，把用心寫好的稿子再讀一遍，然後用紅色的蝴蝶結把整疊稿子綁起來，露出嚴肅的神情，看著它好一會兒。她把另一份稿子也拿出來，兩份都裝到口袋裡，惦著腳尖，走下樓梯。

她小心不發出聲音。準備妥當後，她戴上帽子，披上外套，從後面的窗戶鑽出去，爬上屋頂，再從屋頂跳到長滿雜草的堤防，繞了一圈，才走到大馬路上。

到了路上，她才鬆一口氣。這時來了一輛**共乘馬車**。喬抬頭挺胸，攔下馬車，乘著馬車進城。她看起來很開心，露出一種奇妙的神色。

到了某處，她下了馬車，從一條喧鬧的馬路邁開大步，快速走到街角。四下張望，朝目標建築物走去。她走進入口，抬頭看那道略嫌骯髒的樓梯，稍微猶豫，突然扭頭走出去，匆匆走開約有十步路之遠。

同樣情況重複了幾次，有一位黑眼睛的紳士從對面建築物的窗戶看到她的舉動，覺得非常有趣。

那棟建築物的入口處掛著各式各樣的看板。有間牙

共乘馬車

一種共乘的運輸方式。幾位乘客各自支付固定的車資，馬車行駛在固定路線上，讓數位乘客同時搭載於一輛馬車上。美國最早是在一八三〇年的紐約採用這種共乘法。

科診所的看板是很大的一副牙齒，不斷的張開又合起，非常醒目。剛才那位紳士哈哈一笑，穿上外套拿起帽子，走下樓，過了馬路，站在對面建築物的入口。他臉上浮現微笑，自言自語：

「一個人跑到這種地方來，還真像她會做的事。不過，還是有人陪著她比較好，免得遇到什麼問題。」

他等了約十分鐘，喬紅著臉跑下樓梯。不知道是不是因為很難過，即使看到這位紳士，她也沒有一點高興的樣子，只點了個頭就走過去。紳士從後面追上來，柔聲問：「很痛嗎？」

「沒有，不怎麼痛。」

「妳為什麼一個人跑來？」

「因為我不希望任何人知道。」

「妳真是怪人。拔了幾顆？」

「羅利，你到底在說什麼？」喬愣住了，但是當她發現原因時，卻放聲大笑。

DOCTOR
ANGUS.WILK
EXTRACTIONS

「我希望可以拔兩顆，但是得過一個星期才會知道結果。」
「怎麼這麼奇怪？妳是不是又在惡作劇？」
「你才是，在對面的**撞球**室做什麼？」
「抱歉了這位小姐，那不是撞球室，那是一間健身房，我在那裡練習**擊劍**。」
「哦，那太好了。」
「為什麼？」
「因為撞球不太好。」
「妳在擔心我嗎？」
「是啊，有時候會擔心。」
羅利沉默了一會。兩人並肩走著，喬覺得自己說得過火了些，有點後悔。雖然他嘴角掛著笑，但是眼神似

撞球
一種室內球戲。在檯子上放置紅色與白色的球，參加的人各自用長桿撞擊小球進四角的洞，計算得分。

乎在生氣。

「妳打算一路教訓我到回家為止嗎？」羅利突然問。

「怎麼可能？為什麼這麼說？」

「如果妳打算這麼做，我就搭馬車回去；如果不是，我就跟妳一起走回去。我有一件趣事要告訴妳。」

「好啦，我不會再教訓你了，趕快說給我聽。」

「好。這是祕密唷。妳聽好了，我要是說了，妳也得把妳的祕密告訴我。」

「我？我哪有祕……」話講到一半，喬突然閉嘴。

羅利喊道：「妳一定有！都寫在臉上了。老實招了吧，要不然我也不說我的祕密。」

「你的祕密很了不起嗎？」

擊劍（第183頁）

一種劍術競技，在歐洲很發達。雙方手執細劍，互相刺、劈對方，根據刺中的部位計算得分與勝負。

「也不是什麼了不起。只是前一陣子我就想說出來，一直忍著。來，從妳的祕密先說吧。」

「你不能告訴任何人哦。」

「嗯，我不說。」

「我呢，剛剛把兩篇短篇小說交給報社的人了。結果是好是壞，下個星期就會給我答案。」

「哇！太棒了！妳是美國之光，大作家馬其小姐！」

羅利喊著把帽子高高拋起，又穩穩接住。路邊的兩隻鴨子、四隻貓，還有五隻雞跟六個孩子看了大樂。這時他們已經走出城區，來到郊外。

「噓。我想應該是還不行，但是我不試一試就覺得不甘心。你對誰都不能說，要保密唷。否則讓大家失望，我會很不好意思。」

「妳怎麼可能不行呢？喬，報上每天登出的小說我們都看了，裡面有一半都是很無聊的故事不是嗎？比起來，我認為妳的作品就算跟莎士比亞比也不遜色呢。要是能登在報紙上，一定很棒。而且，想到妳是我們的大作家，就覺得很驕傲。」

喬的眼中綻放光芒，就算受到十家報社的偏愛，能得到一個朋友這樣的讚美更讓她開心。

「你的祕密又是什麼？現在輪到你了。你要是不守信用，我就再也不相信你說的話了。」

「我的祕密，說出來妳可能會覺得很可疑，不過我沒有答應人家不能對別人講，所以我就說吧。我呢，無論多小的新聞如果不告訴妳就覺得不對勁。我知道梅格的另一只手套在哪裡。」

「什麼？就這樣？」

「這樣就很夠了。妳要是知道在哪裡，妳就會明白了。」

羅利彎下身子，在喬的耳朵邊說了三個字。立刻引起有趣的反應。喬愣在原地，盯著羅利看。然後她帶著非常不滿的表情，一面走一面用可怕的聲音問：

「你怎麼知道？」

「我看到的。」

「在哪裡？」

「在口袋裡。」

「現在也還在？」

「是啊，很浪漫吧？」

「哪裡浪漫啊？討厭死了。」

「妳不喜歡嗎？」

「當然不喜歡，很無聊，我真無法忍受。噢，真討厭。梅格會怎麼說呢？」

「妳不能跟別人說唷，好嗎？」

「我可沒有答應你。」

「妳應該明白的不是嗎？我是相信妳才告訴妳的。」

「好吧。我暫時不說。」

「我還以為妳會開心的。」

「很不巧，我不喜歡，早知道就不要聽了。」

「那我們跑下這個山坡吧，這樣妳就會拋到腦後了。」

前面是一道緩坡。四下無人。喬立刻接受羅利的邀請。帽子、梳子、髮夾全都散落四周，飛快奔跑起來。

先馳得點的羅利回頭一看，放下心來。喬頭髮散亂，氣喘吁吁的飛奔而來，臉上已經看不到氣嘟嘟的表情，臉頰變得紅潤，而且眼睛閃閃發亮。

那之後的兩個星期裡，喬變得很奇怪，姊妹們都不知道發生什麼事，只知道每次。郵差一來，她就會衝出去。遇到布魯克老師，她就表現出沒禮貌的態度。有時她苦著一張臉盯著梅格看，有時又會跳起來抓著她又搖又親，完全搞不懂她究竟怎麼回事。

還有，她還會跟羅利用暗號交談，頻頻說著《展翅鷹》這份報紙如何如何，大家都覺得他們兩個瘋了。

這天，是喬從後窗跑走之後第二個星期的星期六。梅格坐在窗口邊做針線活，看到羅利滿院子追著喬跑，簡直傻住了。終於，羅利在艾美的小涼亭裡逮到喬。他們究竟在做什麼？兩人高亢的笑聲轉成悄悄話，然後是翻報紙的聲音沙沙作響。

接著喬突然跑進屋裡來。在長椅上一屁股坐下，假裝看起報紙來。

「上面登了什麼有趣的事嗎？」梅格柔聲問道。

「不過就是篇小說罷了。沒什麼。」喬答道。她很巧妙的用手遮住報紙上的名字，不讓她們看見。

「那，妳讀給我們聽聽。」艾美說。

「標題是什麼？」貝絲疑惑著為何喬要把臉藏在報紙後。

「叫做『畫家爭鬥記』。」

「好像很有意思，妳讀來聽聽。」梅格說。

「好。」喬大聲一咳，吸了一大口氣，然後用飛快的速度念了起來。姊妹們都豎起耳朵傾聽。那是一篇羅曼史，出場的人物最後全都死了，是個大悲劇。

念完，喬吐了一口氣，艾美很滿意似的批評：「我覺得描述那些畫作的部分好有意思。」

梅格悄悄擦拭眼淚，說：「他們相愛的情節好棒。薇歐拉跟安傑羅，還是我們常用的名字呢，真是太巧了。」

那些描述戀人相愛的劇情讓她哭了。

「作者是誰啊？」貝絲瞥了喬一眼問道。

於是，喬立刻站起，把報紙丟到桌上，整張臉紅通通，用嚴肅中夾雜著興奮的奇妙表情大聲的回答。

「就是你的姊姊！」

「是妳？」

梅格手上的針線活掉到地上，仔細盯著報紙看。

「真是好作品。」艾美一副評論家的樣子讚美道。

「原來是這麼回事。果然是妳。啊！喬！我好開心啊！」貝絲跑上前，緊緊抱住喬。

《展翅鷹報》在眾人手中傳遞，就像是張開了雙翼似的。

「哎呀，妳們也不要太大驚小怪啦。」

喬把自己如何拿稿子去報社投遞的過程，一五一十說給大家聽。

「我好高興，他們說下次就有稿費可以拿了。接下來我要寫更多。以後，我可以養活自己了，然後我或許還可以為大家做很多事。」

喬一口氣說到這兒，把臉埋進報紙裡，淚水忍不住溢出，濡溼了自己的作品。

電報

「十一月真是一整年裡最討厭的月份了。」

某個天氣陰霾的午後，梅格站在窗邊，看著淒涼的庭院喃喃自語著。

「哎呀哎呀，瞧妳這麼悶悶不樂的。」喬喊著。

「不過也難怪姊姊會這麼想。妳的朋友都在玩耍，只有妳一年到頭都要辛苦工作。如果是我的小說中出現的人物，我就幫得上忙了，要是我可以替妳安排一個美好的命運該多好。」

在房間角落玩耍的艾美也聽到姊姊們的對話了，她正用黏土做出小鳥或水果或人臉，漢娜稱這遊戲是「玩泥巴」。

艾美開口說：「我和喬會賺很多錢回來。妳們等我十年，然後……」

「我沒辦法等那麼久啊。妳的心意我很感謝，但是我想墨水跟泥巴應該不太靠得住。」梅格嘆了口氣。

她把眼光轉回來，又看著淒清的庭園。喬也嗯了一聲，托著腮幫子，坐在桌前發呆。

貝絲從窗戶往街上看，笑著說：「我猜很快就會發生兩件好事。妳們看，媽媽從城裡回來了，羅利也一臉高興的往這邊走來。」

這兩人進了家門之後，馬其夫人像往常一樣問：「爸爸的信來了嗎？」

羅利則一如往常，熱情的提出邀約：「誰要跟我一起去坐馬車？我做數學題做到腦袋發昏，想出去透透氣，我去接布魯克老師，路上順便晃一晃。喬，妳要不要一起來？貝絲也來。」

「去，當然去。」喬答道。

梅格連忙拿出她的針線籃子，說：「謝謝，但是我很忙。」

妹妹們可以去，但梅格覺得自己年紀不小了，應該謹慎一點，不要經常跟年輕男子一起乘坐馬車，媽媽也這麼說過。

「那我們三個人馬上就去。」艾美開心叫著，趕緊收拾準備。

「伯母呢？有沒有什麼事？」羅利問。

馬其夫人說：「謝謝你，目前沒什麼事。不過，如果方便的話，可不可以繞去郵局一趟？今天信應該到了才對，但是郵差還沒來。爸爸是個像太陽一樣準時的人，該不會是半途耽擱了吧？」

這時，響起一陣尖銳的鈴聲。

漢娜拿著收到的郵件走進來：「夫人……可怕的電報來了。」

她簡直像是拿著炸彈似的，交出那份電報。

一聽到「電報」兩個字，馬其夫人立刻把那封電報搶過來。她才看了兩行字，就臉色發白，倒在椅子上。羅利馬上跑去拿水，梅格與漢娜在一旁扶著她，喬用顫抖的聲音讀著電報。

馬其夫人

尊夫病重—速至—華盛頓 布朗克醫院

所有人都倒抽了一口氣，房子裡悄然無聲。支撐一家幸福生活的人，突然倒下來了。姊妹們圍在母親身邊，互相靠著彼此。

馬其夫人很快恢復平靜。「我馬上出發，說不定已經來不及了。妳們要振作，幫媽媽的忙。」

大家臉色慘白。但是馬其夫人已經冷靜下來，她很快想清楚，決定要將悲傷拋開，女孩們也覺得不能再哭。

她問：「羅利在哪裡？」

「我在這裡，請您也讓我幫一點忙吧。」羅利匆忙從隔壁房間跑過來。

「請幫我去發電報，說我會立刻出發。下一班火車是明天早上發車，我就搭那班車去。」

「還有別的事嗎？我的馬準備好了，哪裡都能去，請儘管吩咐。」
「那麼，請幫我送一封信給馬其姑婆。喬，去拿紙筆來。」
喬把寫到一半的稿紙空白處撕下來，拉了一張桌子到馬其夫人面前。為了這段漫長而悲傷的旅行，必須借錢。
喬思索著，想為父親籌一點錢，哪怕是一點點也好。
夫人的信寫完了。「來，麻煩你了。不用跑太快，以免受傷，並沒有那麼急迫，不要緊。」
但是羅利在五分鐘後就跳上自己的馬，以猛烈的態勢從窗外奔馳而過。
「喬，妳去辦公室告訴金太太我不能去了，向她解釋理由，然後順便買些東西回來。我現在就把購物清單寫給妳，都是醫院會需要的東西。
「貝絲，妳到羅倫斯家去，向他們要兩瓶上等的紅酒來。如果是為了自己的父親，求人並不可恥。
「艾美，妳跟著漢娜，去把那個黑色行李箱幫我拿下來。梅格，妳跟我來，來幫我找東西。」

姊妹們一下子像被風吹散的樹葉，向四方奔去。

羅倫斯老先生慌慌張張的跟著貝絲來了。他把自己的睡衣、病人可能會需要的，以及各種他想得到的東西都帶過來了。他還承諾說馬其夫人不在的時候，他會好好照顧女孩們，最後甚至說，可以送她到華盛頓去。

馬其夫人婉拒了。但是爺爺發現，當他說出願意送她去，夫人明顯露出放心的神色。他想了一想，便說他會馬上回來，然後急忙趕回家去。那之後，大家都很忙，也就忘了羅倫斯老先生的事。

然而，當梅格一手拿橡膠鞋，一手拿茶杯，急忙要到母親那裡去時，卻在玄關和布魯克先生碰個正著。

「這次的事情，真是很令人擔心。」

他親切的聲音頓時使梅格安心不少。布魯克先生繼續說：

「我來是想告訴妳，我可以陪妳母親一起去。羅倫斯先生吩咐我去華盛頓辦事，我想路途中如果能幫上妳母親一點忙就太好了。」
梅格手上的橡膠鞋不由得掉在地上，她伸出手：「太感謝了，我媽媽一定會很高興，我們也是。如果有人可以陪她一起去，我們就安心多了。我現在就去跟媽媽說。」

說完，梅格便帶布魯克先生到客廳去。

羅利帶回馬其姑婆的回信時，已經差不多都準備妥當了。

姑婆的信裡放了錢，還寫了她經常都會叨念的話——跑去戰場真是太胡鬧了，我不是早就說過上戰場不會有好事嗎？妳看吧？我不是說了嗎？以後一定要聽我的話——內容大概是這樣。

馬其夫人緊抿著嘴唇，把那封信丟入火中，然後把錢收進錢包裡。

秋天的日光短，很快就黃昏了。其他的工作都結束後，梅格與母親繼續她們非做完不可的針線活兒。貝絲跟艾美去泡茶，漢娜則念著她的口頭禪「十萬火急，十萬火急」，一面燙著衣服。

只有喬還沒回來。她到底上哪兒去了？喬可能又像平常那樣，隨性做了什麼驚天動地的事吧？羅利跑出去找她，但是兩人似乎是錯過了。

這時，喬突然回來了，她露出奇怪的表情。

「這是我為了讓爸爸能輕鬆點，並且早日回家的一點心意。」

她哽咽的說著，拿出一卷紙鈔，遞到母親面前。

「哎呀，妳這錢哪裡來的？竟然有二十五美元？喬，妳該不會……」

「沒事，這是我的錢，不是別人給的，也不是借來的，當然更不是偷來的，是我自己賺的錢。不要責備我，我只是賣了屬於我的東西而已。」

喬說著，脫下帽子。

大家都驚訝得喊出聲來，喬那一把美麗蓬鬆的秀髮剪短了。

「唉呀，喬，妳把妳那頭美麗的頭髮剪了？」

「為什麼要這麼做？妳的頭髮那麼美！」

「妳不需要這麼做。」

「真是，完全不像喬了，但是我越來越愛妳了。」貝絲溫柔的抱著那頭短髮。喬裝得一派若無其事的樣子，但她其實很傷心。不過她撥了撥她像男孩般的栗子色短髮，爽朗的說：

「別哭了，貝絲。這沒有什麼大不了的，剪短了我反而覺得清爽，很輕盈、很舒服。像個男孩子一樣，最適合我了，而且更省事。總之，我覺得很棒。媽媽，您就收下這筆錢吧。」

「喬，媽媽不怪妳擅作主張，只擔心妳會不會後悔？」

「不會，我不後悔。」喬斬釘截鐵的回答。

「妳為什麼會想到要賣頭髮？」艾美問。艾美覺得，換成是她，要她剪掉頭髮還不如讓她死了算了。

「我一開始也沒有這麼想，但是我無論如何都希望自己能對爸爸有所幫助。甚至還想到，乾脆跑去一家很大的商店，把那裡值錢的東西都洗劫一空算了。

「這時，我看到理髮店的展示窗上有髮束的裝飾，還寫出了價錢。比我差的頭髮都還可以賣四十元呢。我才想到，我也擁有可以換成金錢的東西，於是馬上走進店裡，問他們願意花多少錢買我的頭髮。」

「真虧妳想得到。」貝絲帶著害怕的表情說。

「理髮店的人眼睛睜得好大，嚇了一跳呢。他們仔細瞧了我的頭髮，說我的頭髮顏色現在不流行，他們不想要。但是後來天色轉暗，我想，如果錯過這次，我以後永遠不會想要賣頭髮了，我恐怕就會改變心意，所以我把想賣髮的理由告訴他們，請他們一定要買下我的頭髮。」

「一刀剪下去的時候，妳是什麼感覺？很害怕吧？」梅格顫抖著身子說。

「理髮店的人在準備的時候，我又看了自己的頭髮最後一眼，很仔細的看。但是，我坦白說，當我的寶貝頭髮放在桌子上時，感覺真的很奇怪。好像是一隻手或腳被切掉一樣，然後我一直盯著看，老闆娘就抽出一小束長髮給我。

「我要把這個給媽媽。紀念我以前美麗的頭髮。其實，短髮很清爽，也很不錯，我甚至已經不想再留長了呢。」

媽媽小心的把那撮栗子色的波浪長髮摺起來，跟爸爸的灰色頭髮一起收好，放進抽屜裡面。

當天晚上，梅格一直睡不著。有生以來第一次遇到這麼痛苦的事，她怎麼樣都無法成眠。這時候她聽見啜泣聲。是喬。她摸了摸喬，她的臉頰濕濕的。

「喬，怎麼了？為了爸爸的事在哭嗎？」

「不，現在不是。」

「那，為了什麼哭呢？」

「我的……我的頭髮。」

喬哇的一聲哭了出來。她把臉埋在枕頭上，想隱藏她的悲傷，但是無論如何都藏不住，令人心酸。

梅格溫柔撫摸著妹妹那頭短髮，像被剃了毛的綿羊。

喬明明哭得抽抽噎噎了，還是逞強：「我一點都不難過。如果我還有頭髮可以剪，我明天還要再剪一次。我哭成這樣，還不就是我的自戀作祟罷了。不要告訴別人我哭過，我沒事了。

「我以為姊姊已經睡了，才想起自己身上僅有的最美的東西，覺得有點可惜。姊姊，妳為什麼還不睡呢？」

「我睡不著，想到很多事情。」

「想一想開心的事，很快就睡著了。」

「我試過了，不過只會更清醒罷了。」

「妳想到什麼？」

「漂亮的臉，特別是眼睛。」

梅格一面回答，一面在黑暗中偷偷微笑著。

「眼睛，妳最喜歡什麼顏色的眼睛？」

「褐色，不過依情況而定，天藍色的眼睛也很美。」

喬笑出聲來。梅格對她噓了一聲。不久，兩人都睡著了。

時鐘在深夜裡打響鐘點，家裡悄然無聲。這時，有一個人影靜悄悄的巡視每一張床鋪。幫她們拍棉被，重新整理枕頭，溫柔看著每一張睡臉，然後祈禱，親吻她們。

馬其夫人拉開窗簾，抬頭看著冷清的夜空，這時月亮正好在雲朵的縫隙間現身。月光照在夫人的臉龐，明朗又溫暖。

月亮彷彿正低語著：

「放心吧，可愛的母親，在雲朵背後一定會有光明！」

寄到華盛頓的信

一個寒冷的黎明。

四姊妹點著燈，用前所未有的熱情讀著聖經。當不幸來臨，她們才深深體會到過去生活是多麼幸福。這種時候，這本小書真的可以撫慰心靈，帶來力量。

起床，換好衣服，她們決定要打起精神對母親說「一路順風」，不要哭泣不怨天尤人，以免讓母親擔心。

大家都不太說話。出發的時間迫在眉睫，馬其夫人對身邊幫忙張羅旅行事宜的女兒們說：

「我相信漢娜會好好照顧妳們，我很放心。我也拜託羅倫斯先生了，應該沒有什麼事需要我牽掛。我就要出發，妳們不可以懷憂喪志，要像平常一樣，辛勤工作，懷抱希望。不要忘了，上帝會像父親一樣守護妳們。」

「好。」

「梅格，妳要堅強，照顧妹妹們，無論什麼事都可以找漢娜或羅倫斯先生商量。喬，妳要多忍耐，不要一失落就亂來。貝絲，別忘了妳的音樂可以幫大家打氣。還有艾美，妳要盡量幫忙，要聽姊姊們的話，保持健康。大家要多寫信給我。」

「好的，媽媽，我們會的。」

喀拉喀拉的馬車聲接近了。

「各位，我走了。」

馬其夫人輕聲說了「願上帝保佑我們」，與四姊妹一個一個親吻道別後，匆匆登上馬車。

馬車離開時，太陽也升起了，照亮了站在門邊送行的人。那是四張年輕的臉龐。在她們後面是挺直腰桿的羅倫斯先生，還有忠心耿耿的漢娜，以及大家的好朋友羅利。馬其夫人突然覺得前方是一片光明。此時馬車已載著她轉過了街角。

鄰居們都離開了。大家也鬆了口氣，吃著早餐的時候，喬說：「怎麼好像覺得經歷了一場大地震似的。」

「我們家好像成了個空殼子。」梅格的口氣聽起來好落寞。

貝絲想說些什麼，但她只輕輕指著媽媽的桌子。桌上堆著媽媽織好的襪子，臨出發前，她還在為大家趕工。大家突然心頭一緊，悲從中來。四個人都忘了剛剛才說好了要勇敢，這時哇一聲都哭了出來。

漢娜很明白，讓她們哭個夠，反而可以一掃陰霾，於是就讓她們好好發洩，過了一會兒才端來咖啡，為她們打氣。

「小姐們，媽媽不是說過不要憂愁？喝完咖啡就去工作吧。振作起來，讓大家說妳們真不愧是馬其家的孩子。」

「是的，要懷抱希望，辛勤工作，這是我們的作風。我要去馬其姑婆家了，可是我一定會被教訓一番。」喬喝著咖啡，又變得精神奕奕了。

「我也是。我得去金先生家了，雖然說我很想在家裡整理東西。」梅格說，心想真不該哭得眼睛通紅。

「家裡的事，就交給我和貝絲吧。我們會認真工作的。」艾美擺出神氣的樣子。

「漢娜會教我們。在姊姊們回家前，我們會收拾乾淨。」貝絲很快就拿出刷子和水桶。

「擔心，真是件有趣的事啊。」艾美一面攪拌著方糖一面說，逗得大家都笑了，四人心情輕鬆了不少。

但是，喬帶著每天早上固定要帶的午餐，也就是漢娜做的派餅出門之後，便頓失精神。她跟梅格一起出門，現在少了母親在窗口目送她們。

貝絲一點都沒有忘記這件事。她趕到窗邊，像個可愛的點頭娃娃似的，一直對她們點頭。

「噢，可愛的貝絲。」喬很開心，揮了揮帽子回應。

不久，爸爸來了消息，女孩們得到了安慰。信上寫著，他雖然病重，不過沒有比媽媽更優秀的看護了，光是有了她就可以讓他好得很快。

布魯克先生每天都會捎信來通知，報告病況。梅格暫代母職，負責讀信。一個星期過去，信的內容越來越明朗。

每個人都熱情的寫著回信。漢娜寫了，羅利和爺爺也都寫了，大家都把寫信去華盛頓當成一件大事，每一封信都充滿了個人風格。我們就從郵局的信件袋裡拿一封來瞧瞧吧。

致 最想念的母親：

前陣子收到您來信，無法用言語形容我們有多麼高興。真是太令人振奮的消息了。大家又哭又笑，完全無法控制。布魯克先生真是大好人。同時，也感謝羅倫斯老先生要他去那兒辦事情，他才能陪在你們身邊，相信他一定也幫了你們很大的忙。

妹妹們都很乖巧。喬會幫我做針線活，麻煩的事她都一肩扛起，還好她這種

「逞強」通常不會持續太久，否則我真擔心她會太勞累。貝絲就像時鐘一樣準時做好自己的工作，她也很乖，遵守媽媽的吩咐，雖然有時會因為擔心爸爸而面露憂鬱，但只要一彈琴，便顯得很快樂。艾美很聽話，會自己綁頭髮，我正在教她開鈕釦洞和縫襪子。她很認真，等你們回來看到她長大了一定會很高興。

至於羅倫斯老先生，套句喬的話來說，就像隻上了年紀的母雞一樣照看著我們這些小雞。羅利對我們很好，如果我們覺得寂寞，他跟喬就負責逗我們開心。漢娜就像個聖女，非但不會責備我們，還總是稱呼我「瑪格麗特小姐」，做我的後盾。大家都很好，很認真工作。我們都非常盼望您的歸來，也請代我們問候爸爸。

梅格敬上

致 我最愛的媽媽：

最想念的爸爸，加油！布魯克先生真是可靠的人。爸爸病情一有好轉，他就馬上發電報通知我們。我每次都想衝到頂樓去禱告，感謝上帝。但是最後我光是哭喊著「我好高興！好高興！」就用盡全力了。不過我想，這跟禱告也是一樣的。內心充滿感謝，都快要爆炸了。

我們過得很愉快。只是大家都好成熟穩重，就像是住在野鴿子窩裡。梅格坐在餐桌最上座，裝得像媽媽一樣，才真是有趣，真想讓你們瞧一瞧。此外，她一天比一天更漂亮了，連我都要愛上她了。貝絲跟艾美也像天使一樣乖巧。只有我，還是一樣，因為我的角色沒人能取代，那也沒辦法囉。

對了，我跟羅利差一點就要絕交，這件事一定要講。是我太口無遮攔，惹羅利生氣。雖然我說的話是對的，但是我的口氣太差。

羅利說如果我不道歉，以後他就再也不來我們家，說完他馬上就回去了。我也說，我沒理由道歉，氣得七竅生煙。

但是就這樣過了一天，我想到媽媽如果在的話會怎麼處理。羅利跟我都很好強，誰也不願意先低頭。但是我沒有錯，所以我認為應該由羅利來跟我道歉。只是他都不來。

一直到晚上，我想起艾美掉到河裡去的那件事，於是我想應該要像媽媽說的，去讀一讀聖經，讓自己冷靜下來。聖經上說「不能把怒氣留到明天」，所以我決定去羅利家向他道歉，於是我就出去了，結果我在門口跟羅利撞個正著，原來他也是來道歉的。我們兩個都笑了，互相道歉，就言歸於好了。

昨天，我一邊幫漢娜洗衣服，一邊試著把漢娜說的話寫成詩。請爸爸看一看我拙劣的作品，一定會很高興的，就當作慰問附在信裡吧。

亂七八糟的喬敬上

肥皂泡泡之歌

洗衣桶的女王呀
我來唱個泡泡歌
洗一洗，甩一甩，再擰一擰
一件件晾起來

在晴朗的天空下
隨風搖曳

把一個星期的汗水與污漬
全都拋開
藉著水與空氣的魔法
把我的心
也徹底的洗個乾淨
真是個美好的洗衣日

喬的信，用了大張的信紙，字跡是龍飛鳳舞的**花體字**，而且有墨水漬。比起梅格那封加了香味的信紙和筆跡工整的信，簡直有天壤之別。

花體字

在英語等西洋文字中，把專有名詞或文章的起首字的大寫字母，改用裝飾過的字體來書寫。這種花體字裝飾法也常用於刺繡。

貝絲和艾美的信寫在一起，一張信紙兩個人寫。

親愛的媽媽：

送上我的真心和三色堇的押花，就擠滿這封信了。這些花，我想讓爸爸看，所以在家裡很鄭重的養到開花。我每天早上都讀聖經。整天都很乖。晚上我會唱爸爸喜歡的歌曲。如果唱聖歌，我一定會想哭。大家都對我們很好，所以就算媽媽不在，我們也都很快樂。接下來艾美也要寫，我就寫這麼多了。廚房裡的碗盤我都會蓋上蓋子。每天都替時鐘上發條，讓每一間房間都通風。

請媽媽代我在爸爸臉頰上「屬於我的那一塊」親吻一下。

您的小貝絲敬上

最親愛的媽媽：

我們大家都很好　我很認真念書　所以沒有跟姊姊們討架——梅格說是吵架，所

以我兩種都寫 你們自己選一種讀。梅格很棒很溫柔 每天晚上喝茶的時候都給我果凍吃了之後我就會很乖 所以喬說給我的是甜甜的藥。羅利不太當我一回事明明我就要十三歲了還叫我「小雞」當我用法語跟他說早安的時候他就故意霹靂啪拉講一串法語。我的藍色洋裝袖子破了，所以梅格幫我換了新的因為之前的全都擦破了所以顏色比舊的部分濃。我雖然不開心但是沒有抱怨 一直忍耐。不過如果漢娜可以幫我把圍裙上更多漿而且每天都做蕎麥餅乾給我 應該可以得到安慰。她應該可以吧？這個問號我用得很好吧？梅格說 看我寫的東西錯字一堆而且都沒有加標點符號，太難看懂了。我很生氣但是因為還有很多事很忙也沒辦法。再見。請跟爸爸說我好愛他。

您最愛的女兒艾美・佳迪斯・馬其敬上

小小的真心

母親出門後的第一個星期，四姊妹的用心以及工作的態度，確實優秀得足以做為左鄰右舍的楷模。但是，隨著父親的病況稍微好轉，螺絲就鬆動了。

喬因為沒有把剪了短髮的頭部包裹密實，得了重感冒。馬其姑婆最討厭人家一直吸鼻子，所以跟她說感冒沒好之前都不用來。這一來喬反倒樂得開心，她拿著感冒藥和好幾本書，安穩坐在長椅子上。

艾美發現藝術與家事無法兼顧，於是她又拿出黏土開始捏了起來。梅格每天為了教小朋友而出門，回到家後便一遍又一遍讀著從華盛頓來的信。

只有貝絲，跟平常一樣勤勞工作，整理每天的瑣事，姊姊們每天沒做完的工作，也都是貝絲把它完成。

「梅格，妳要不要去漢彌爾家那裡看一看？媽媽說要我們別忘了他們。」

貝絲提起這件事，這時距離馬其夫人出門後約莫十天左右。

「今天不行，我好累。」梅格說。她坐在搖椅上搖，手上做著針線。

「喬也不行嗎？」

「我感冒了呀，而且這麼冷。」

「妳去就行了。」梅格說。

「我每天都去啊。但是他們家的小嬰兒生病了，我也不知道該怎麼辦好。阿姨出去工作了，都是羅琛在照顧，但是狀況越來越糟，所以我想還是姊姊或是漢娜去看一看比較好。」

貝絲都這麼說了，梅格便答應明天去看一看。

「貝絲，妳請漢娜做點好吃的東西帶過去吧。」喬說。

「我頭好痛，而且身體很倦怠。誰能幫我拿嗎？」

「艾美馬上就回來了，她可以幫忙跑一趟。」

等了一個小時，艾美還沒有回來。姊姊們便忘了漢彌爾一家人的事。貝絲只好悄悄戴上兜帽，在籃子裡裝了很多食物，忍著頭疼，頂著冷風，出門去了。

貝絲在傍晚很晚時才回來。她悄悄爬上二樓，關在媽媽的房間裡，誰也沒發現。過了三十分鐘左右，喬想去媽媽的櫥櫃裡拿東西，發現貝絲坐在藥箱上，眼睛哭得紅紅的，手上還拿著藥瓶。

「哇，嚇我一跳。妳怎麼了？」她想靠近時，貝絲揮著手阻止她。

「喬，妳得過猩紅熱吧？」

「是的，我跟梅格一起得過，怎麼了？」

「那我跟妳說，那個嬰兒死了。」

「哪個嬰兒？」

「漢彌爾家的嬰兒。阿姨還沒回來前，我一直把他抱在腿上。」貝絲哭得很厲害。

「太可憐了。妳很害怕吧？我要是跟妳去就好了。」喬非常後悔。她抱著貝絲

坐在媽媽的椅子上。

「我不覺得可怕。我只看了一眼就知道情況很糟。然後阿姨去請醫生來。醫生來之前，我一直抱著他。我以為他在睡覺，結果他突然哭了出來，接著顫抖了幾下，就都不動了。我幫他暖腳，餵奶給他喝，他也都不動，我就知道他死了。」

「別哭，貝絲，然後呢？」

「醫生也說他死了。還生氣的說『是猩紅熱，為什麼不早點來叫我？』阿姨說是因為窮，付不出藥錢。但是另外兩個孩子也喉嚨痛，趕緊請他看，醫生很溫柔的為他們看診處置。

「可是，我實在太傷心了，就跟著他們一起哭，醫生嚇了一跳，看著我說『妳趕快回去吃藥，不然妳也會被傳染猩紅熱』。」

「會傳染嗎？」喬嚇了一跳，緊緊抱住貝絲。「啊——貝絲，如果妳生病了，我不會原諒自己的。啊——怎麼辦才好？」

「別擔心，我想不會太嚴重。我剛剛翻過媽媽的書了，書上寫著一開始會頭痛，喉嚨痛，感覺很不舒服，我現在就是這樣。我馬上吃了藥，現在好一點了。」

貝絲用冰冷的手摸摸發燙的額頭，勉強露出笑容。

「媽媽要是在就好了。」

喬覺得事態嚴重。

「妳這一個星期每天都去看嬰兒吧？而且其他的孩子也感染了對吧？如果是這樣妳可能也感染了。我去叫漢娜來，小孩的病，漢娜應該都懂。」

漢娜立刻指揮大家。她查看貝絲的狀況，又問了她很多事，然後說：「首先，把邦古茲醫師找來，請他看一下，初診的處置很重要。為了避免艾美小姐感染，暫時把她送去馬其姑婆家住吧，妳們兩個其中一個人留在家裡陪她。」

「當然是我陪，我最年長。」

「不，她會生病都是我不好，我來。」

梅格和喬兩人都堅持自己要照顧病人。

「傷腦筋。有一個人就夠了。貝絲小姐，妳想要誰留下來？」

漢娜一問，貝絲說：「喬，請留下來。」

就這樣決定了。

梅格把原因告訴艾美。艾美卻說，如果要去馬其姑婆家，她寧可得猩紅熱，一直跺腳哭個不停，無論怎麼安撫，她都不聽。梅格實在無計可施，只好去問漢娜該怎麼辦。

這時，羅利走進客廳，從艾美那裡聽說了這件事情後，在艾美身邊坐了下來。

「妳乖，不要哭。妳聽好啦，妳要去馬其姑婆那裡，我每天都坐馬車去帶妳出來散步。怎麼樣？很棒吧？比起在這裡悶悶不樂好多了。」

「你真的每天都會來嗎？」

「我答應妳。」

「貝絲要是好起來，你會馬上飛奔過來接我嗎？」

「我一分鐘也不耽擱，馬上就去。」

「還有，你真的會帶我去看戲嗎？」

「如果有戲上演，要看幾次都行。」
「是嗎？那──我可以去。」
梅格與喬這時從二樓下來了。
「貝絲怎麼樣了？」
「在媽媽的床上睡覺，感覺好像好一點了。只是小嬰兒死了，她受到很大的打擊。」
梅格雖然說不要擔心，但是羅利馬上接下喬吩咐他去跑腿的工作，把邦古茲醫生請來。
醫師來了。貝絲果然也感染到猩紅熱。為了保險起見，拿了預防的藥品之後，艾美才跟著喬與羅利到馬其姑婆家去。
馬其姑婆還是老樣子，透過眼鏡看著他們，眼神銳利。「今天來又有什麼事啊？」
停駐在姑婆椅背上的鸚鵡，叫了起來。「滾開，男生都是廢物！」

羅利退到窗口邊。喬把事情的原委說出來後，姑婆便說：

「我早就說過了，你們就愛去多管窮人家的閒事，才會變成這樣。艾美可以住我這裡，她沒有生病就可以幫我一些忙。但是她那個表情看起來很危險啊，不要哭了，我最討厭人家抽抽噎噎的。」

艾美差點又要放聲大哭。羅利偷偷扯了一下鸚鵡的尾巴。鸚鵡吃了一驚，叫出聲來：「啊、糟了！」

艾美因此破涕為笑。

不過，喬與羅利終究還是回家去了，留下她一個人。她喃喃自語說：「我覺得我應該無法再忍了。」

這時鸚鵡又叫起來：「滾開！醜八怪！」

艾美終於忍不住啜泣起來。

黑暗的日子

貝絲確實得了猩紅熱，病情有多嚴重，只有醫生跟漢娜才知道。姊妹們對於她的病情一無所知。羅倫斯老先生由於年紀已大，也被擋在門外不能探望她。邦古茲醫生用盡了所有處置辦法。但他也是大忙人，因此大部分的事情都交給漢娜。

梅格擔心把病傳染給小孩子，所以暫時停止金家的工作，留在家裡照料大小事。但是她在寫信給母親時，不能透露半點有關貝絲的事情，令她十分痛苦。

「不能讓這些事情帶給媽媽額外的煩惱。」漢娜不准她通知母親。

喬夜以繼日照顧著貝絲，寸步不離。貝絲應該很痛苦才是，但她一直忍著不喊苦。

可是不久後，她開始出現囈語，乾啞的聲音不知在說些什麼。她伸出指頭在棉被上舞動，像是彈鋼琴似的，想用她腫得厲害的喉嚨唱歌。她認不出幾個姊妹，叫錯名字，有時哀求著要找媽媽。

情況變成這樣，喬不知道該如何是好。梅格認為應該要通知母親比較好，漢娜也不那麼堅持了。

就在這時候，華盛頓來了一封令人擔心的信，父親的病況惡化，暫時是回不來了。

日子一天比一天灰暗，姊妹們心情沉重。

羅利坐不住，幽靈似的走進又走出。羅倫斯老先生一想到貝絲就心痛，把那架**平台鋼琴**上了鎖。

邦古茲醫生一天來看兩趟。漢娜徹夜照顧。梅格為了可以隨時發電報出去，已經在抽屜裡準備好電報紙。

平台鋼琴

大型的三腳鋼琴，琴弦是水平撐開。音色比直立型鋼琴更佳。

喬坐在昏暗的病房裡，看著為高燒而苦的妹妹，這才明白過去貝絲帶給整個家多大的歡樂。

十二月一日，這一天讓人確實感受到冬天來臨。北風強烈吹襲，也下雪了。那天早上，邦古茲醫生給貝絲做了一次長時間的診斷，然後壓低了音量告訴漢娜：

「如果夫人能夠放下先生的話，還是趕緊叫她回來比較好。」

漢娜默默點了點頭，她顫抖著嘴唇，說不出話來。梅格得知這事，倒在椅子上。喬一瞬間慘白了臉，愣在那裡，然後突然跑進客廳抓了電報紙，戴上兜帽，衝進大風雪裡。不久，她回來了，正要脫掉兜帽時，羅利拿著一封信進來了。信上說父親又好轉了。但是喬並沒有像平常那樣開心。羅利很驚訝：「怎麼了？貝絲狀況不好嗎？」

「我已經去發電報給媽媽了。」

「咦？怎麼了？狀況不是沒那麼糟嗎？」

「不，情況很不好，她已經不認得我們了。本來她還會說，壁紙上的葡萄葉是綠鴿子，但是現在連這個也不說了。她已經不像貝絲了。啊，誰也幫不了貝絲。爸爸媽媽又不在，就連上帝都好像逃到遠方去了似的。」

喬的眼淚一顆顆落下，彷彿在黑暗中摸索似的，她伸出了手。羅利緊緊抓住她的手，鼓勵她。

「貝絲不會有事的，她是那麼乖巧，上帝不可能棄她不顧。」

「就是好人才會死啊。」

「妳累了，會這麼想一點都不像妳。對了，妳等一下。」

羅利兩步併作一步，跑上樓梯，拿了一杯葡萄酒下來。喬微微一笑，擦去淚水接過那杯酒。

「謝謝你。我們祈禱貝絲早日康復，乾杯。你真是個好醫生、很棒的朋友，我真不知道該如何謝謝你才好。」

羅利的安慰，使喬恢復了平靜。

「我很快會寄帳單給妳，今天晚上。我還有比葡萄酒更能讓妳恢復精神的東西要送給妳。」

羅利似乎在掩飾什麼開心的事。喬一時忘了自己的傷心，問他：「是什麼？」

「我昨天就發了電報給妳母親，布魯克先生來了回覆，說她馬上回來，所以我想今天她晚上就會抵達了，這樣一來妳就不用那麼害怕了。妳看，我是不是做得很棒？」

喬從椅子上跳起來，抱住了羅利的脖子。「啊！羅利！媽媽！噢！我好高興！」這下子換羅利吃了一驚。他冷靜下來，輕拍喬的背，等待她緩和下來，才害羞的親吻了她。

喬因此清醒過來，輕輕把羅利推開：「抱歉，我太高興了，才會情不自禁撲上去。」

「不用客氣。」羅利整了整歪掉的領帶，同時又說：

「我很擔心，實在坐立難安。跟爺爺商量之後，我們想法一致，認為還是要趕快通知，否則怕造成無法挽回的遺憾。於是我昨天跟漢娜提起發電報的事，她把我臭罵一頓，在那當下我下定決心立刻出發去郵局。我本來就不是個會乖乖聽話的人，實在無法忍受她這樣說我。

「最後一班車是半夜兩點鐘到，我會去接她，妳們在伯母抵達之前先不要太開心，好好的照顧貝絲就好了。」

「羅利，你真是個天使，我該怎麼謝你才好！」

「我不反對妳再撲上來一次。」

羅利露出一貫的調皮模樣。如此開朗的表情，已經兩個星期不曾見到了。

此時家裡就像有一陣清新的空氣吹過，就像照進了一道比太陽還要耀眼的光芒。大家這才發現，艾美放在外面窗台上的玫瑰花苞開了一半。

每當梅格與喬看到彼此憔悴蒼白的臉，就會忍不住微笑，悄悄說著：「媽媽要回來了呢。」然後互相擁抱。

只有貝絲，完全不知道身邊人的喜悅與擔心，仍然在痛苦的夢中徘徊。原本紅潤如玫瑰的臉龐都變成一張空虛茫然的臉；總是忙碌個不停的手，也變得十分瘦弱。永遠面帶笑容的嘴唇，始終緊閉；曾經美麗飄逸的秀髮，凌亂不堪，披散在枕頭上。有時候她會醒來，張開嘴唇動著，但是她說「水」的聲音也虛弱得幾乎聽不清楚。

雪下了一整天，風也呼呼吹著。時間慢慢過去，終於到了晚上。梅格與喬坐在床的兩側，每當時鐘敲響，她們眼睛就發亮，互看一眼。因為每過一個小時，那位能拯救她們的人就又接近一點了。邦古茲醫生要回去的時候說，不論好轉或是惡化，病況恐怕都會在深夜產生變化，所以深夜他會再來一次。漢娜筋疲力竭的在床腳邊的長椅上沉沉睡去。

「如果上帝能拯救貝絲的生命，我這輩子都不會再抱怨了。」梅格喃喃自語。

這時候，十二點的鐘聲響了。兩人定睛一看，發現貝絲憔悴的臉龐突然有了改變。整個家裡一片死寂，只聽見夜風吹襲的聲音，也只有她們兩人看見一個蒼白的影子悄悄往那張小床上靠近。

一個小時過去。什麼也沒有發生，只有羅利出發前往車站時馬車的聲音。

時間過了凌晨兩點鐘。喬站在窗邊，想著窗外的景色看來竟然那麼悲傷。這時床邊發出了微微的聲響，她回頭一看，發現梅格跪在母親的椅子前祈禱。

（貝絲走了，姊姊不敢告訴我。）

喬這麼想著，背脊突然一涼。她趕緊回到自己的椅子上。貝絲因為發燒而潮紅的臉色，以及痛苦的神情都消失了，可愛的小臉雖然還是很蒼白，但是正安詳的閉著眼睛。

喬已經沒有力氣哭了。她在最心愛的貝絲冷卻下來的額頭上，全心全意親吻了一下，然後靜靜的低聲說：「再見了，貝絲，再見。」

喬這個動作驚醒了漢娜。她睜開眼睛，跳起來走近床邊，看著貝絲，用手輕輕摸她，用耳朵貼著她的嘴唇。然後她突然用圍裙遮著臉，全身顫抖著低聲說：「燒退了，她正睡得香。她的皮膚濕潤，呼吸也順暢了。謝天謝地！謝天謝地！哎呀真是太好了！」

真像做夢。這份喜悅，姊妹兩人正覺得難以置信時，邦古茲醫師來了，也清楚的說：

「小姐度過難關了，已經不要緊了。就讓她安靜睡一覺吧，醒來的時候就先……」

要先怎麼辦，梅格與喬都沒有聽到，因為她們兩人偷偷跑出昏暗的走廊，坐在樓梯上緊緊相抱，高興得說不出話來。

「這樣，媽媽回來的話，一切就完美了。」喬說。

冬天的夜晚漸漸露出曙光。

「妳看。」梅格把開了一半的白玫瑰拿給她看。

「把它插在花瓶裡，放在這兒吧。這樣貝絲張開眼睛時，最先看到的就是媽媽和這朵花。」

漫長而痛苦的一夜過去，黎明來了。兩人腫著雙眼，眺望日出。從來沒有看過如此美麗的景象。

「簡直就像童話世界一樣。」

站在窗簾後看著朝陽燦爛的窗外景象，梅格陶醉的喃喃細語。

「妳聽！」

喬突然站了起來。果然是真的，樓下玄關的門鈴響了。然後是漢娜欣喜的聲音，接著是羅利的叫喚。

「女孩們，伯母回來了！」

艾美的遺囑

另一方面，暫住在馬其姑婆家的艾美過得怎麼樣呢？一個人孤零零被寄在那裡，艾美這才深深體會到自己過去是如何受到寵愛。

馬其姑婆從來也不寵愛誰，但她覺得艾美可愛又很有禮貌，非常喜歡，因此很想讓這個孩子改掉任性的脾氣。

艾美的工作是每天早上洗杯子，接著把那些古色古香的銀湯匙或茶具、玻璃餐具擦得晶亮。之後要打掃房間，馬其姑婆不會放過任何一絲灰塵，再加上椅子腳和桌子腳部都有像鳥爪一樣的雕刻，因此清理起來並不容易。

然後，要餵鸚鵡波莉飼料，梳貴賓狗的狗毛，還要幫行動不便的姑婆傳話給僕人，或是幫她拿東西，上樓下樓不下數十回。

事情終於做完之後，接著要讀書，每天都像考試一樣。之後才終於允許她有一個小時可以玩耍，這段時間真令人期待。

羅利每天都會來，說服姑婆讓他帶艾美出去。如果沒有羅利跟那個上了年紀的女僕艾絲達，艾美一定無法撐過這麼痛苦的日子。

除了老是搗蛋的鸚鵡和愛鬧彆扭的狗之外，在這個全都是大人的家裡，只有艾絲達把艾美當一回事，而且對她很好。

艾絲達是法國人，但是她跟馬其姑婆一起生活很久了，如果沒有艾絲達，姑婆可能無法過活，所以有時候艾絲達還比姑婆來得更強勢一點。

有一次，艾絲達帶著艾美在這大房子裡到處走動，還拿很多很稀奇的漂亮東西給她看。這裡的東西大多都很古典，其中特別讓艾美開心的是一個印度製的飾品櫃，櫃子裡擺放了各式各樣的首飾。

艾美喜歡把這些東西拿在手上把玩，或是把它們重新排列，特別是這個她覺得很美的舊珠寶盒。打開盒蓋，可愛的天鵝絨墊上是一條鑲著**石榴石**的項鍊和手環，還有戒指，是成套的。這是馬其姑婆第一次參加舞會時戴的首飾。

還有結婚典禮那天父親送她的珍珠項鍊、鑽石戒指，手鐲是已故獨生女的遺物。還有她變胖之後戴不上去的結婚戒指，仍然是她最珍貴的寶物，單獨用一個盒子裝著。

把珠寶盒的蓋子一個個蓋上時，艾美突然說：「這些美麗的珠寶，馬其姑婆過世之後會怎麼樣呢？」

於是艾絲達微笑著小聲說：「小姐，會把這些都給妳們。太太說過了，也立了遺囑，是千真萬確的。」

「哇，我太高興了。但是，如果可以現在給我就好了。」

「小姐，妳還年輕，戴這種寶石還太早。太太說，

石榴石（第237頁）
矽酸鹽礦物的一種。有玻璃狀的光澤，顏色多為紅色，較美麗的就被拿來當作裝飾石或寶石。原石長得很像石榴的果實，因此稱為石榴石。

誰第一個訂婚就送她珍珠項鍊。對了，小姐，等妳要回家時，說不定會得到這個土耳其石戒指呢？」

「是嗎？這個比我朋友凱蒂的戒指漂亮多了。如果姑婆會給我這麼漂亮的戒指，那我要表現得更乖巧。」

艾美很開心，試戴那只土耳其戒指。

從這天起，艾美就變得非常乖，很遵守姑婆的教導。馬其姑婆以為是自己教得好，非常高興。信仰虔誠的艾絲達，把艾美帶到祈禱房去，那裡放了一個小桌子，牆上掛著一幅聖母瑪莉亞的圖，那是一幅世界名畫的仿製品。艾美很高興，她每天都偷偷坐在那裡，禱告著：「上帝，請保佑貝絲」。

艾美也想向馬其姑婆看齊，來立遺囑。艾美的寶物，對她來說就像姑婆的珠寶一樣珍貴，所以她光是想到要把寶物送給別人就心痛得不得了。

艾美利用遊戲時間，把這個重要的文件寫得非常仔細。她請艾絲達教她一些法律用詞，然後請她在見證人的地方簽名。還需要一個見證人，她想找羅利來擔任。

那天也下著雨，艾美跑去二樓的大廳玩耍。二樓的大櫃子裡面放了許多過時的衣服。艾美穿上一件褪色的金蔥禮服，在長鏡子前擺出不同姿勢，走動時拖著裙襬，衣服發出摩擦的沙沙聲，玩得不亦樂乎。

那隻愛惡作劇的鸚鵡波莉跟在她身後，有時哈哈大笑，有時說話，又模仿艾美走路。

她實在太投入了，沒發現羅利來了還躲著偷看她。羅利怕這位小公主生氣，因此他強忍著笑，敲了房門。艾美很有禮貌的迎接羅利，然後把波莉趕出房間後，拿出她的遺囑來。

「我希望你看一下這個。如果哪裡寫錯了，請你告訴我。我覺得生命太無常了，明天會怎麼樣都不知道，所以還是先寫了比較好。」

艾美的表情不是普通的嚴肅。羅利想笑，但忍住了，一面讀那份文件。那份文件的內容如下：

我的遺囑

我是艾美．佳蒂絲．馬其，謹以認真態度，將我所有財產分配贈與出去。即為——

我畫得最好的畫、地圖、素描本包含畫框，全部都給爸爸。我存的一百美金，請您拿去使用。

我全部的衣服都給媽媽。除了有口袋的藍色圍裙以外。還有我的照片跟獎牌，以及我的愛，也給媽媽。

最喜歡的大姊瑪格麗特，我要給她土耳其石的戒指（如果我真的拿到了），畫了鴿子的綠色盒子、用來做衣領的蕾絲，還有我畫她的素描做為給她遺物。

我的胸針、青銅墨水台要給喬，還有我最珍惜的石膏兔也給她，做為我燒了她稿子的賠償。

貝絲（如果她活得比我長），我要給她我的娃娃跟小櫃子、我的小扇子跟麻紗衣領。等她病好之後，她如果瘦到穿得下，我的新拖鞋也給她。我說喬安娜是個破娃娃，瞧不起她，我在這裡跟她賠罪。

隔壁的朋友西奧多・羅倫斯，我要給他我最重要的畫冊和黏土馬（雖然他說沒有頭）。還有，他在我痛苦的時候對我很好，為了答謝他，他可以選一幅我畫的畫。我的聖母像是畫得最好的。

尊敬的恩人羅倫斯先生，我要給他盒蓋上附鏡子的紫盒子（剛好可以當作筆盒）。這盒子將會使他回憶起一個女孩，這女孩如此感謝他對我們全家——特別是貝絲——這麼好。

我的好朋友凱蒂・布萊恩，我要給出藍色的絲圍裙跟金色珠珠的戒指，加上我的親吻。

我要給漢娜，她很想要的小化妝箱和我的拼布作品（希望她會想起我）。

如上，我最珍貴的所有物品都已分配完畢，希望大家能滿意，不要埋怨死去的人。

我原諒所有的人，並深信：在最後的審判號角聲響起時，我會再與各位聚首。

阿門。

一八六一年十一月二十日 立此遺囑，署名後封存。

艾美·佳蒂絲·馬其

證人 艾絲達·巴諾亞

西奧多·羅倫斯

只有羅利的名字是用鉛筆寫的。艾美請他正式簽名之後才封起來。

「為什麼妳會想到立遺囑？妳是不是聽了誰說貝絲遺物的事？」

艾美說了原因後，很擔心的問：「貝絲呢？她怎麼樣了？」

「我不該提起的，那是貝絲前一陣子狀況不好時自己說的。她說要把鋼琴給梅格，小鳥給妳，娃娃給喬，希望喬可以代替自己疼愛那娃娃。然後還為了她只能給這些東西而感傷，說要把頭髮也給我們，要給爺爺最真的心。她一定沒有想到遺囑的事。」

羅利一面說，一面簽名，然後把信封封起來。這時，大顆大顆的眼淚掉在信封上。

「貝絲的狀況這麼糟嗎？」

「好像是，但是我們不能失去希望，我們不要哭。」

羅利像個哥哥似的，把手搭在艾美肩膀上，安慰她。

羅利回去後，艾美在小房間裡跪著，為貝絲祈禱。我那個溫柔的小姊姊如果死了，即使我有一百萬個土耳其石戒指，也不能帶給我任何安慰。想到這裡，艾美就心痛得淚流不止。

說出心裡話

真不知道該怎麼描述女孩們迎接母親回家的情形。

貝絲從漫長的睡眠中醒來時，最先看見的就是梅格希望她看見的那朵小白花，以及她思念的母親。貝絲只是微笑，因為她太虛弱，腦袋無法思考。她蜷縮在母親的懷中，慢慢品嘗那份喜悅，然後又睡著了，但是仍然用她瘦弱的手緊抓母親的手不放。

漢娜把她的喜悅全用來做飯，做出了特別好吃的餐點送到太太那裡去。梅格和喬伺候著母親吃飯，一面聽母親說話。父親的身體狀況、布魯克先生接手照顧、因為大風雪導致火車誤點，當她拖著疲憊的身子來到車站，看到羅利來迎接她，鬆了一口氣的感覺無法用言語形容。

另一方面，羅利則搭著馬車飛奔到艾美那裡去。他把前一夜馬其夫人回家的事情描述得溫馨動人，所以馬其姑婆這次沒有再說「我早就說過了」這句話，而是頻頻吸著鼻子。

這時的艾美著實值得讚嘆，她一直壓抑著想早一刻看到母親的心情。

艾美想去外面走走，在停雪之後的晴朗天空下散步，但是羅利看起來很睏。於是艾美讓他在長椅上休息，自己則趁空檔寫信給母親。寫完了長長的信，羅利仍用雙手枕著頭，睡得很香。

若不是這時候突然看見母親來訪，她高興到忍不住大叫出來，羅利一定會睡到晚上都醒不來。

艾美坐在母親腿上，一一報告自己的辛酸、痛苦。母親微笑著，用她溫柔的手撫摸著艾美。此時此刻，艾美是鎮上最幸福的孩子。

馬其夫人與艾美兩人單獨來到那個小小的祈禱室。

她突然發現艾美手指上的東西，微微一笑。艾美也發現了，便說：「這是今天早上姑婆給我的。她把我叫去，親吻了我，然後稱讚我說我很棒。媽媽，我可以戴著它嗎？」

她圓胖的手指上戴著美麗的天藍色土耳其石。

「這好美啊。但是，艾美，妳現在戴這種首飾不會太早嗎？」

「我不會到處炫耀。我不只是因為它很漂亮，而是為了時時刻刻提醒自己不要忘記，所以才想戴著它。」

「為了不忘記馬其姑婆嗎？」母親笑著問，但是艾美的答案非常嚴肅。

「不是，是為了提醒自己不要任性。貝絲就一點都不任性，所以大家都很疼她，都因為擔心貝絲會不會死而非常悲傷。我如果生病，大家的傷心可能不到為貝絲傷心程度的一半，所以我決定要變成貝絲那樣。媽媽，我可以試試看嗎？」

「當然可以。妳就努力做吧。好了，我該回去照顧貝絲了。艾美，妳打起精神來，我們很快就會來接妳回去了。」

當晚，喬悄悄跑上二樓，進了貝絲睡覺的房間。她看見母親坐在平常坐的椅子

上。喬露出不知所措的困擾神情，揪著頭髮。

「怎麼了？」

「媽媽，我有事想跟您說。」

「梅格的事？」

「咦？您怎麼知道？是啊，有點事，我實在很在意。」

「貝絲在睡覺，妳要小聲一點。來，不要保留，全都說給我聽。」

「那是夏天的事情。梅格到羅倫斯家的時候，把手套忘在哪裡了，只找回其中一只，後來我們都忘了這件事。最近羅利告訴我說，另一只手套在布魯克先生那裡。

「布魯克先生把那只手套放在他背心的口袋裡，有一次不小心掉出來，被羅利撞見，布魯克先生才對羅利坦白。布魯克先生喜歡梅格，但是梅格還年輕，再加上他沒什麼錢，所以他不敢說出來。媽媽，這可不得了不是嗎？」

「妳覺得，梅格喜歡約翰嗎？」

「誰是約翰？」喬瞪大了眼睛說。

「就是布魯克先生啊。這陣子我們都叫他約翰，在醫院這樣叫習慣了，他也說這樣稱呼比較好。」

「啊！我要昏倒了。但是媽媽，也難怪您會支持他，因為他為爸爸做了很多事。梅格如果也有意思的話，您也會讓她結婚吧？真是個討厭鬼。殷勤的討爸爸歡心，幫助媽媽，就是希望你們中意他。」

喬講得憤慨，又揪起頭髮來。

「不用那麼生氣，我可以告訴妳原因。約翰確實是因為羅倫斯先生的吩咐才陪我一起去華盛頓的。他對生病的爸爸真的很盡心盡力，我們無法不喜歡他。他也對我們坦白說了他愛梅格的心情。

「但是他希望自己能做好足以建立家庭的準備。在那之前，他只希望我們允許他愛梅格，為梅格付出。

「他真是個優秀的好青年，所以我們也答應了。畢竟梅格還年輕，我也不想讓他們這麼早訂婚。」
「當然啊！太愚蠢了。果然如我所料，不是什麼好事。我就覺得他很可疑，沒想到比我想的還糟。啊！如果我能跟姊姊結婚就好了。這樣大家就可以一直一起生活了。」
沒想到喬說出這麼異想天開的事，馬其夫人忍不住笑出來，但是她又馬上認真的說：
「喬，媽媽是信任妳才告訴妳，妳要對梅格保密。等布魯克先生回來，我們再來注意他們兩人，這樣才知道梅格對布魯克先生是什麼樣的感覺。」
「但是，姊姊要是被他的眼睛凝視，一定會失守的，這樣就沒救了。梅格心地好，要是被人含情脈脈盯著看，很快就會像奶油一樣融化。您不在的時候也是，他寫來的報告，梅格比您寫來的信還認真的反覆閱讀。她一定會愛上他的，到時候我們家的幸福日子就完蛋了。」
「啊！我已經可以看見他們兩人親密的在家裡走來走去，我們覺得打擾他們不好就會避開。我對姊姊一點幫助都沒有，布魯克那傢伙，遲早會籌到錢把姊姊搶走，真叫人灰心。真是的，為什麼我們不是男孩子呢？如果是男孩子就不會這麼麻煩了。」

母親嘆了口氣。

喬覺得驚訝，抬頭看母親：「對吧？媽媽您也不喜歡吧？既然如此，我們就把那傢伙趕跑吧！」

「不是的，喬。妳們將來都會建立自己的家庭，這是理所當然的事。雖然對我來說，當然是希望女兒們能盡量留在自己身邊久一點。所以這件事情來得這麼快，我有點措手不及，畢竟梅格才十七歲。

「約翰要為那孩子建立家庭，應該還得花好幾年時間。爸爸跟我決定在她滿二十歲之前不會讓她結婚或訂婚。如果他們兩人彼此相愛，那就應該等待，在等待的時間裡才會知道那是不是真愛，我希望那孩子將來一切都很幸福快樂。」

「媽媽，妳會希望姊姊跟有錢人結婚嗎？」

「喬，錢是好東西，也很有用，我當然希望妳們可以不必為金錢煩惱，但也不希望妳們對金錢的慾望太強。所以對於妳們的結婚對象，我並不期望對方要有很多財產，或是有地位、有什麼了不起的身分。約翰只要腳踏實地，有一份好工作，收入能負擔他跟梅格的生活開銷，那就夠了，那是任何財產都比不上的幸福。」

「我知道了，但是我還是覺得遺憾。我一直希望梅格可以跟羅利結婚，就能一生都過著富足的日子，我一直這樣推動著。」

「羅利不是比梅格還小嗎？他還是個孩子，也不是那麼成熟可靠，妳不應該推動這種事。即便妳多管閒事，也不可能會成功的。更重要的是，妳要珍惜友情，不要弄巧成拙破壞了它。」

稍後，梅格拿著寫好的信，進到母親房裡來。

「妳寫得真好。妳再加一句，說我也跟約翰問好。」馬其夫人簡單瀏覽了那封信，在把信還給梅格的時候這麼說。

梅格微笑著點頭：「好的，沒問題。他感覺起來是個很需要人家關心的人呢。

媽媽晚安。」

這時，母親給了女兒一個比平常更為溫柔的親吻。梅格走出房間後，馬其夫人很滿意，而且很放心的喃喃自言道：

「看來這孩子還沒愛上約翰。不過，她很快就會發現自己的感情了吧。」

羅利的惡作劇

喬覺得一點也不好玩。這種時候能依靠的只有羅利了，但是她現在卻覺得有一點害怕羅利。

果然，羅利馬上發現她有祕密，用盡各種辦法旁敲側擊，終於得知這個祕密跟梅格和布魯克老師的事有關。他很氣憤，布魯克老師竟然沒有告訴自己的學生這個祕密，便企圖報復。

「梅格，有妳的信。封得這麼密實，好奇怪。」

第二天，喬照例到小郵局去，把取來的信拿給她。過了一會兒，梅格便大聲喊叫。她鐵青著臉，盯著信紙看。

「怎麼了，梅格？」母親趕緊跑過來問。

「不對，這不是那個人寫的。天啊，喬！妳竟敢幹這種事！」

梅格用兩手摀住臉，哇的一聲哭出來。

「我？我什麼也沒做啊！究竟是什麼事？」喬驚慌失措。

梅格把信丟給喬。「這一定是妳寫的吧？跟那個男孩共謀，你們還真能做出這種下流失禮的事情來！」

總是溫柔的梅格，這時候眼裡像是燃起熊熊怒火。喬和母親一起讀了那封信。

我最愛的瑪格麗特：

我已經不能再控制我的心了，無論如何我都希望能在回去之前知道自己的命運。我沒有勇氣跟妳的父母說，但是我相信如果他們知道了我們兩人彼此相愛，一定會贊成的。

我最愛的人，請給我幸福吧，請妳把好消息透過羅利傳話給我。

將一切奉獻給妳的約翰　敬上

「喬，這真的是妳做的嗎？」母親露出罕見的嚴厲表情。
「不，我沒看過這封信。要是我，一定會寫得更好。」喬把那封信丟在地上。
「怎麼那麼壞？這是羅利寫的吧？因為我不肯把祕密告訴他，他不甘心，才會設局讓姊姊回信，再拿來跟我炫耀。好，我現在就去把那個臭小子抓來，要他跟妳道歉。」
喬跑了出去。母親趁這個空檔，把布魯克先生的心意告訴梅格。
「妳怎麼想呢？妳對他的感情深到願意等他有能力成家嗎？還是現在還不能給他承諾？」
「我目前暫時不想去想這件事。假如約翰不知道這個惡作劇，就請不要讓他知道。」
羅利的腳步聲在玄關響起。梅格逃進書房裡，由母親去面對這個犯人。羅利看到馬其夫人的表情就明白已東窗事發。看他拿著帽子在手上捲來捲去，一臉愧疚心虛的模樣，很清楚這件事情確實是他做的。

喬被請出門外，但是她覺得不能讓犯人逃走，就在走廊上看守。在那三十分鐘左右的時間裡，門內的說話聲忽高忽低。

不久後，梅格與喬兩人被叫進去。羅利非常後悔，垂頭喪氣站著。喬看了便心軟了，想原諒他，可是這樣他不會學乖。梅格誠心接受了羅利的道歉，確認了布魯克先生確實不知道這件事之後，鬆了一口氣。

羅利不時會瞥喬一眼，但是她看起來一點也沒有要原諒他的樣子，於是他行了個禮，默默離去。不過，喬在梅格和母親走上二樓之後，突然覺得有點於心不忍，很想去看看羅利。她終究找到了一個要還書的藉口，跑到隔壁鄰居家去了。

「妳好！羅利在嗎？」

女僕說：「在是在，但是他好像誰都不願意見。」

「那我去看看。」喬跑上二樓，咚咚咚敲了羅利書房的門。

羅利在裡面說：「別敲了，再敲，我就讓你敲不了門！」

門突然打開了，喬趁著羅利嚇一跳的空隙，跳了進去。

羅利真的在生氣，於是喬便使出演技，跪了下去，用順從的聲音說道：「剛才真對不起，我是來跟你道歉的。你不跟我和好，我就不回去了。」

「快站起來，喬。別發神經了。」

「謝謝，那，我站起來了。但是，發生什麼事了？看你氣鼓鼓的。」

「他對我動手，這實在難以忍受。」

「誰？」

「爺爺。如果他不是我爺爺，我絕對……」

羅利的右手握緊了拳頭，作勢要揮拳。

「為什麼會這樣？」

「總之，他問我為什麼被妳母親叫去，我沒有說出理由。我已經答應不跟任何人說了，絕對不能不守信用。」

「能不能想別的辦法讓他明白呢？」

「不可能的。那些小伎倆瞞不過爺爺。如果不是梅格的事，我就招供了。可是無論如何都不可以說，所以就連爺爺抓著我的衣領，我都忍下來了，最後我就跑到房間裡來了。」

「這樣不行。但我相信爺爺一定也很後悔，你還是跟去跟他和好吧。」

「我才不要去。我是因為對不起梅格才去跟她道歉的，若還要再叫我跟人道歉，我可不要。」

「真拿你沒辦法。那，這件事你想怎麼解決？」

「應該是爺爺來跟我道歉。」

「啊？我要暈倒了。他怎麼可能呢？」

「總之，他不道歉，我就不下樓或是乾脆逃出去，到哪裡去旅行好了。」

「但是你離家出走讓他擔心就不好了。」

「少在那裡說教了，我去華盛頓找布魯克老師，好好兒散個心。」

「哇，這個棒。說得我也想逃了。」

喬忘了自己的立場，眼神發亮，但是看到窗外自己那個老舊的家，喬搖搖頭放棄了。

「算了，不要連我都牽扯進去。我說，如果我能讓爺爺跟你道歉，你會放棄逃家嗎？」

「會，但是妳辦不到的。」

喬留下猶豫不決的羅利，走了出去。

她敲了敲書房的門，裡面傳來比平常更加倍冷淡的聲音。

「進來。」

「是我，我拿書來還。」

「妳還有想看的書嗎？」

「有，我很喜歡這本，想借第二集。」

那本《詹森傳》是老先生覺得很好看而推薦她看的，所以喬刻意說要借下一本來討他歡心。

接下來該怎麼辦才好？喬跳上台階，假裝找書，腦袋一面轉個不停。

羅倫斯老先生那毛茸茸的眉毛動了一下，似乎發現了這孩子正在打什麼主意。於是他出其不意開口說話。喬嚇了一跳，手上拿的書不小心掉到地上。

「到底我孫子做錯什麼事？」

「是，他做錯事，但是不能說。我母親交代我們不可以講出去。羅利也已經老老實實道歉，我們也都原諒他了。我們並不是為了羅利才保持沉默，而是為了其他人。如果爺爺您也跟這件事扯上關係的話，事情就更難辦了，所以請您不要再追問了。」

「哦？原來如此。那麼那孩子之所以不肯說，是為了遵守約定而不是因為倔強啊。既然如此，我就原諒他吧，真不知道該拿這孩子怎麼辦好。」

「就是啊，他還說什麼要離家出走。」

喬不小心說了出來，心想：糟了。原本臉色紅潤的羅倫斯老先生頓時面色慘白，表情苦澀，看著牆上掛著的俊美紳士肖像，跌坐到椅子上。那是羅利父親的肖像，喬很後悔害老先生想起離家的兒子了。

「不過羅利不會為了一點小事就離家出走，只是偶爾讀書讀得很煩了就說一說，威脅一下，我也是這樣。所以，如果我們兩個不見了，您可以發出『兩個男孩』的尋人啟事。」

喬說著笑了。老先生知道她是開玩笑，內心寬慰不少。

「好，妳去吧，叫那孩子來吃飯了。」

「這可難倒我了。他不會來的，他才沒那麼聽話。」

「嗯，我也是做得過火了。那麼，妳說我該拿那孩子怎麼辦才好？」

「如果我是爺爺，我會寫一封道歉信，那比當面去找他說要來得有效。您寫寫看？我幫您送去。」

「妳真是個狡猾的孩子。好吧，拿紙筆來，我想趕快結束這件愚蠢的事情。」

那封道歉信裡面，都是些紳士如何對自己的無理道歉的常用句。喬在老先生半禿的額頭上吻了一下，然後爬上樓梯，把信從門下面塞進去。剩下的就順其自然。這招果然馬上見效。羅利咻一聲從樓梯扶手滑下來，站在樓下，一臉認真的表情，看著正在下樓的喬。

「喬，妳真是神奇，想必妳被爺爺訓了一頓吧？」

「哪裡，他是個很明事理的人呢。」

風暴之後

那件事情過了，如同暴風雨過去之後，暫時過了一段陽光般快樂的日子。兩位病人的狀況一天比一天好轉，馬其先生預計新年之後就可以回來了，而貝絲也可以偶爾在長椅上坐起，與貓咪玩耍，替洋娃娃做衣服。

聖誕節又近了。今年每個人各自展開不同的計畫。其中，喬認為這一次會是特別開心的聖誕節，所以她與搭檔羅利都卯足了勁，準備好好瘋一場。

彷彿在預告將要有一個快樂的聖誕節似的，天氣轉暖了連續五、六天。到了聖誕節當天，先是父親來了一封信說很快就可以回家，貝絲那天早上心情也特別愉快，穿上母親送的柔軟紅色毛織睡衣，自生病以來第一次下了床。為了讓她看喬與羅利送的禮物，大家手忙腳亂一起把她抱到窗邊去。

庭院中央，立著一個漂亮的雪人。雪人頭戴柊樹葉頭冠，一隻手上掛著裝滿水果與鮮花的籃子，另隻手則拿著一卷新的樂譜，肩上披了彩虹般美麗的毛披肩，嘴裡吐出一條長布條。布條上面寫著一首聖誕頌歌：

獻給貝絲的雪精靈之歌

祝賀 貝絲女王
可怕的暴風雪已經遠離
祝您永遠健康幸福
今天是快樂的聖誕節
蜜蜂啊
請接受 香甜的水果與鮮花
把音樂送給可愛的鋼琴
還有一條毛毯送給妳的腳

看呀 很美吧
是艾美畫的喬安娜
她煞費苦心的成果
那麼漂亮 生動逼真
請妳一定要幫
貓太太在尾巴上打蝴蝶結
梅格特製的冰淇淋
像**白朗峰**的積雪

我就是阿爾卑斯山上的雪人少女
將我的真心送給妳
羅利與喬 以真摯的心
為妳特製

白朗峰
位於義大利與法國邊境，阿爾卑斯山的最高峰，標高四千八百〇七公尺。

「好幸福啊。如果爸爸也在，我就再也不需要更多的幸福了。」貝絲坐在書房，一面吃著雪精靈送的美味葡萄一面喃喃自語著。

「確實如此。」喬拍了拍她的口袋，裡面塞著她渴望已久的《渦提孩》和《辛德姆》這兩本書。

「真的，我也是。」艾美一臉陶醉，看著母親送給她的畫，是一幅裱在美麗畫框裡的聖母瑪莉亞與耶穌母子圖。

「沒錯，我也是呢。」梅格開朗的聲音說著，一面撫摸著她有生以來第一次穿上的絲綢禮服上的褶子，這衣服是羅倫斯老先生堅持要送給她的禮物。

然而，貝絲剛才說的那唯一美中不足的幸福，在僅僅三十分鐘之後就來臨了。

羅利突然打開客廳的門，悄悄探出頭來。如果是平常的他，這種時候很可能會發出像印地安人叫陣的聲音，但是他現在非常非常興奮，喉頭像哽住了似的，用一種怪異亢奮的乾啞聲音說：

「馬其家的各位，妳們還有另一個聖誕禮物到了。」

他這麼一說，反而讓大家異常驚訝，跳了起來。

說時遲那時快，羅利突然不見了。反而出現一位身材高大的男士，上半身以圍巾包到只露出眼睛。他的手抓著另一位高個男子，站在門口。

不到五分鐘的時間，誰也說不出話來。喬快暈倒了，羅利攙住她。布魯克先生把梅格錯當成馬其夫人，親吻了她，語無倫次，拚命解釋自己誤認。艾美從椅子上掉下來，還沒爬起來便抱住爸爸的長靴，哭了起來。

最先恢復鎮定的是馬其夫人。「安靜，我們可不能忘了貝絲。」

但是來不及了，書房的門刷的一聲打開，穿著鮮紅睡衣的貝絲出現了。這巨大的喜悅為她虛弱的手腳注入了力量。貝絲直接撲到父親懷中。

是馬其先生說要直接返家，給大家驚喜。由於天氣也好轉，醫生才准他回來。

那天的聖誕大餐特別美味，是從來不曾嘗過的美好滋味。漢娜在**火雞**肚子裡塞了餡料，烤得恰到好處；放了葡萄乾的布丁，入口即化。一切都如此完美，漢娜說，簡直是神的恩賜。

羅倫斯老先生和羅利受邀來吃晚餐。布魯克也一起來，不過喬有時會瞪著布魯克，她一瞪眼，羅利就覺得有趣。貝絲與父親坐在上座的大椅子上，慢慢吃著軟嫩的火雞肉與水果。

大家乾杯，互祝健康。說話、唱歌、聊回憶，度過了非常愉快的時光。

餐後，客人們就離開了。夜幕來臨，幸福的一家人圍著暖爐坐在一起。

「一年前，我還在抱怨聖誕節很無聊，妳們還記得嗎？」喬說。

「記得。現在回想，這一年其實很快樂。」梅格說。

「我好痛苦。」艾美說。

「但是痛苦的一年結束了。好高興，爸爸也回來

火雞（第269頁）

屬於雉科的鳥類。火雞興奮的時候，頭到脖子間的皮膚顏色會變成紅或藍。火雞肉含有豐富蛋白質，常用於聖誕節的料理中。

了。」貝絲靜靜的說。

「對妳們來說很辛苦吧?特別是後面半年，不過大家都好勇敢的挺過來了。」

父親心滿意足的看著四個女兒。

「您怎麼知道呢?」喬問。

「沒有人告訴我，我只要看到妳們就知道了。首先就是這個。」父親說著，拿起梅格長了繭的粗糙雙手。

「妳的手本來白皙美麗，但是爸爸覺得，現在這雙手更美了。比起打扮得時髦漂亮，一個女人能使家庭和樂、生活舒適更是重要。能握住這雙勤奮工作的手，爸爸覺得好高興。」

然後父親把眼光投向喬。

「喬，妳的頭髮雖然剪短了，但已不是一年前那個男孩子氣的喬了。鞋帶妳會好好綁牢，不吹口哨了，講話也不會那麼粗魯了。雖然那個頑皮的女兒不見了讓我覺得有點寂寞，但是換成一個認真踏實又溫柔的女孩，真是太好了。用妳給我的二十五元，找遍整個華盛頓也買不到這麼美好的感受。」

喬不由得熱淚盈眶，說不出話來。

「貝絲瘦了很多，但是不那麼害羞了。妳能夠康復，實在太令人高興了。今後不論如何，我都不會再讓妳受苦了。」

父親緊緊抱住貝絲，貼著她的臉頰。最後，父親溫柔撫摸著坐在他腳邊的艾美的金髮。

「艾美，剛才吃飯的時候，妳沒有只顧著挑自己喜歡的來吃。下午妳也幫忙跑腿，還把常坐的椅子讓給梅格。手上戴著美麗的戒指，卻一點也沒有炫耀的態度，實在令我感動。這些都說明了妳已經能壓抑自己的任性，懂得為別人設想。當然，妳美麗的外貌是很讓爸爸開心，但是一個能考慮別人，創造美麗人生的女兒，會更讓我自豪。」

過了一會兒，貝絲離開父親的懷抱，在鋼琴前坐下。她靜靜的撫摸她心愛的琴鍵，開始唱歌，她唱出大家曾經擔心再也聽不到的溫柔歌聲。

馬其姑婆解決難題

聖誕節後第二天，馬其夫人與女兒們圍繞著馬其先生，就像擁著女王蜂的蜜蜂們似的。女孩們把各種工作都放下，就是要找父親說話。漢娜也不時從廚房探出頭來看一看她最想念的主人，一家人沉浸在幸福之中。

下午，羅利走近，看到倚著窗的梅格，他突然很想表演一番。於是他在雪地裡跪下，捶胸扯頭髮，雙手交握，作出祈求的動作。梅格叫他別胡鬧，快走開，他就拿出手帕假裝擦眼淚，然後腳步蹣跚走開。

「這個傻瓜，他到底想做什麼？」梅格裝傻笑道。

喬便說：「他是在演給妳看，妳的約翰現在是這個樣子，真令人感動！」

「什麼我的約翰，妳不要講這種話，真沒禮貌。」

不過，梅格在講出「我的約翰」幾字時，聲音聽起來很愉悅。

這時，玄關響起了腳步聲。梅格趕緊跑回自己的位置，慌慌張張拿起針線。未免變得太快了，喬心裡這麼想，很想發笑但現在不是開玩笑的時候。她聽見敲門聲，去開門時，板著一張臉。

「妳好，那個，我忘了我的傘，所以……還有，我想看看妳父親狀況怎麼樣。」

布魯克先生看了看這兩人的表情，覺得好像有什麼事，不免慌張。

「你的傘很好。我父親在傘架那裡。請進，我去通知你的傘。」

喬把雨傘跟父親弄混，胡言亂語，說完便跑出房間去了。這時，梅格用小得像蚊子似的聲音說：

「我母親一定很高興，請坐。我去叫她來。」說著，便往門邊退。

「請別走，瑪格麗特。我很可怕嗎？」

梅格整個臉漲紅。這是布魯克先生第一次稱呼她瑪格麗特，她才發現原來自己的名字這麼好聽，不由得伸出手去。

「你對我父親那麼好，我怎麼會怕你呢？我都不知道該怎麼謝你才好。」

「那，讓我來教妳吧。」

布魯克先生緊緊握住梅格的手，他那雙溫柔的褐色眼睛俯視著她。梅格心裡小鹿亂撞，很想逃走。

「我無意使妳困擾，我只是想知道，妳是否對我有那麼一點好感？梅格，我是真心愛著妳。」

「我，我不知道。」梅格微弱的回答，聲音小到約翰得彎下身子才能聽見。

「我無論如何都想知道，我的愛是否有一天能得到回應，在知道答案之前，我實在無法專心工作。」

「但是，我還太年輕。」梅格含混不清的說。

為什麼心跳得這麼厲害？卻又感到如此歡喜，梅格心想。

「我會等，有一天妳一定也會喜歡上我的，我覺得妳會學著喜歡我。」

他聽起來像是在請求。但是當梅格抬頭，卻看到布魯克的眼神浮現出帶著笑意的自信。於是梅格突然想試一試自己的力量，這想法湧現之後便難以抑制。

梅格把手縮回來，喊出聲來：「我並不想學習這種事，請回吧，讓我一個人靜一靜。」

可憐的布魯克，他從來沒看過梅格如此生氣的樣子。他的表情彷彿是一棟築起的夢想之城瞬間被摧毀。

「妳說這話是認真的嗎？」

布魯克像是跟在要趕緊逃走的梅格後面懇求似的問道。

「是的，我是認真的，我不想為了這種事攪亂心情。」

布魯克的臉色鐵青，安靜下來。要不是這時候馬其姑婆拄著拐杖走了進來，這兩人會怎麼樣還不知道呢。

馬其姑婆外出散心時偶然遇到羅利，這才聽說女孩們的父親回來了，因此她想來見一見這個姪兒。

看到馬其姑婆，梅格像見到鬼似的跳起來，布魯克則慌忙逃進書房。

「唉唷唉唷，這是怎麼回事啊？」姑婆用拐杖咚咚敲著地板。

「他是爸爸的朋友。姑婆您突然跑來，真的嚇了我們一跳。」

「我看得出來你們嚇了一跳。」姑婆說著在椅子上坐下。

「既然是妳爸爸的朋友，為什麼妳的臉紅得像牡丹花呢？好像不是什麼好事呢，跟我說說看。」

「我們真的只是在說話而已，布魯克先生是來拿傘的。」

「他叫布魯克？是那孩子的家教老師吧。哈哈，那我明白了，我什麼都知道呢，妳該不會已經給了他承諾吧？」

「噓。他聽得到的，我去叫我媽媽。」

「等等，我有話對妳說。我就不客氣了，妳是不是打算跟那個什麼克的結婚？如果是那樣的話，我的財產一毛錢都不會分給妳。妳記住了，好好想清楚。」

這位馬其姑婆呢，很善於挑撥別人，而且她很喜歡這麼做，這是她奇特的癖好。如果這時候她說，妳一定要跟布魯克結婚，那麼梅格絕對會不留情面的斷然拒絕，然而她劈頭就命令梅格，不准她喜歡布魯克，梅格反而決定要喜歡他。而且這時她的心情一直處於亢奮狀態，於是梅格以完全不同於平常的氣勢，表情嚴肅的反抗老太太。

「我要跟我喜歡的人結婚。姑婆，財產什麼的，要給哪個妳喜歡的人都請便。」

「唉呀，嚇死人。我是好心給妳忠告，妳那是什麼口氣？妳會後悔，光靠愛情是活不下去的。」

「但是我認為日子過得奢侈卻沒有愛情的人，活得更不幸。」

梅格突然發現，這麼說可能不太好，只見馬其姑婆沉默了一會，接著用和緩的語氣又說道：

「梅格，妳冷靜下來聽我說，我是為妳好才說的，我不希望妳一開始就犯錯，毀了一生。妳應該要嫁去一個好人家，幫助家人才對，嫁給有錢人是妳的責任。」

「我父母也沒有這種想法，就算現在很窮，他們兩個人也都喜歡約翰。」

「說到妳的父母，真是比小嬰兒還沒有見識。」

「我也覺得這樣比較開心。」
「那個什麼克的，有沒有什麼有錢親戚？」
「沒有，不過他有許多好朋友。」
「靠朋友哪能生活啊？妳等著看吧，到時候妳就知道了。那個人可有事業？」
「還沒有，不過羅倫斯先生有意要幫助他。」
「那怎麼可能長久？詹姆士・羅倫斯性情多變，哪裡靠得住。聽我的話，妳可以一輩子不愁吃穿，偏偏要跟一個沒財產沒地位沒工作的男人結婚？妳想比現在過得更辛苦嗎？我沒想到妳也這麼感情用事。」
「我認為就算再等半輩子，也不會有比這個更好的姻緣了。約翰是好人，他聰明、有才華，又肯做事，他一定會成功的。而且他很勇敢，大家都喜歡他、尊敬他。我才真是貧窮的人，太年輕又不伶俐，他卻喜歡上我，我倒覺得自己配不上他。」
「那個男的知道妳有個有錢親戚啊，所以才會喜歡妳，一定是這樣。」

「馬其姑婆，您說得太過分了。我的約翰不是那種人。我想跟他一起努力，我不怕窮，因為他愛我，而我也……」

馬其姑婆聽得很生氣，原本她是希望這位美麗的姑娘有個美好的婚姻，沒想到期望落空。而且看到她年輕幸福的表情，再想到孤零零的自己，不由得覺得自己很悲慘。

「是嗎？那我也不再說什麼了。妳這個任性又頑固的孩子，妳可能不知道自己損失有多大。我要回去了。唉呀，真讓我失望。我也不想見妳父親了。我永遠不想再跟妳見面。」

馬其姑婆就在梅格眼前關上門，氣呼呼的坐上馬車走了。留下梅格一個人站在那裡發愣，不知道該哭還是該笑。她正在想該怎麼辦好，突然一把被布魯克先生抱進懷裡。布魯克先生一口氣說道：

「我忍不住聽了。梅格，謝謝妳，謝謝妳替我說話。而且是託姑婆的福，我才能知道妳的真心。」

「直到姑婆說話損你的時候，我才明白自己有多喜歡你。」
「那麼，我可以不用回去了？」
「不用了，約翰，不用了。」
梅格溫柔的點點頭，把臉藏在布魯克的背心裡。
這時候，喬悄悄的從二樓下來。但是整個客廳靜毫無聲響。
「看來姊姊已經把布魯克趕回去了，這下子總算了結了一件事。」她微笑著喃喃自語。
然而當喬看到兩人的模樣時，目瞪口呆，差點要停止呼吸。她連忙跑上樓，飛奔進房間裡，大聲喊著，
「快來啊！不得了了！約翰．布魯克，他對姊姊……」
爸媽立刻下樓去。喬撲倒在床上，把這個不得了的新聞告訴貝絲和艾美。但是貝絲和艾美覺得這真是一件美好的事，就算喬哭得再怎麼驚天動地，她們也一點都不同情她。

下午茶鈴聲響了。布魯克堂堂正正的挽著梅格，走到桌邊。大家看起來都很幸福滿意，喬也不再覺得嫉妒或不開心了。

羅倫斯老先生和羅利都跑來祝賀他們訂婚，大家移往客廳去了。

「來得好，總算有人可以跟我說得上話。」喬把羅利拉到角落去一吐為快。

「我並不贊成他們結婚，但是既然我決定要忍耐，就不要再發牢騷。你應該知道要把梅格交給別人，對我來說有多痛苦吧？」

「又不是全都給他，只有一半啊。」

「但是也不可能要回來啊，我就要失去我最要好的姊姊了。」

「來，乖，別煩惱了。妳看這樣不是一切都很好嗎？梅格很幸福，布魯克老師應該也會發奮找工作才對。

「梅格嫁出去之後，我們就狠狠的玩耍吧。對了，等我大學畢業，我帶妳出國，這樣妳有沒有覺得比較安慰了？」

「有，但是三年裡會發生什麼事，誰也不知道。」

「的確。如果現在可以知道三年之後我們會變成什麼樣，一定很有趣。」

「我不覺得，因為說不定會遇上什麼悲傷的事。雖然說，現在大家看起來都很幸福，但是我想不出來怎樣還能比現在這樣更幸福。」

喬再一次環視屋內。她原本悲傷的眼神漸漸轉為發亮。在這平和舒適的時光之中，大家的幸福未來浮現在眼前。

父母回憶著年輕時的往事，親密的坐在一起。艾美在為剛剛踏進兩人新世界的這對戀人寫生。不過，以這個小畫家的功力，恐怕還無法畫出那份美感。

貝絲躺在長椅上，與羅倫斯老先生愉快的聊天。老先生彷彿把貝絲的小手當成一個重要的路標，緊緊握著。

喬則保持她的作風，帶著沉靜嚴肅的表情，靠著鏡子旁她最愛的那張椅子上。羅利在她身後，把下巴頂著她栗色的鬈髮，對著鏡中的喬，露出滿面的笑容。

（完）

我與《小婦人》的第一次相遇

還記得小時候，爸爸媽媽買了不少故事書給我和姊姊。大概幼稚園時我就能認得很多字了，只要不用去上學的時候，我總是抱著故事書在讀，讀了各種童話故事和冒險故事集，也讀了許多世界名著，而其中最讓我讀得很安心且印象深刻的，大概就是《小婦人》吧！

冒險故事讀起來精彩刺激，期待故事的發展，擔心主角的安危，不過現實生活並不會發生這些，少了一些現實感；王子與公主的愛情故事，感覺很浪漫，但我當年也只是個平民小少女，皇室、城堡什麼的，距離好遙遠。而《小婦人》就不一樣了，《小婦人》的故事背景雖是十九世紀後半的美國，不過作者露意莎．梅．奧爾科特以她的成長過程為靈感，寫下這本少女成長小說，故事裡的情節，就是我的生活裡會有的事，而且其中沒有什麼討人厭的壞人，也沒有彼此陷害的勾心鬥角，不用擔心有可怕或太悲慘的劇情。

《小婦人》主要描述馬其家四姊妹的日常生活故事，馬其家的爸爸在遙遠的戰地，媽媽是個溫柔和善的女士，在家中陪伴著四位少女成長。而四姊妹性格迥異，各有特色。大姊瑪格麗特，也叫梅格，長得非常美麗，十六歲的她平日教家教賺生活費；二姊喬瑟芬，暱稱為喬，十五歲，性格如男孩般率性，平日在姑媽家幫忙，賺點零用錢。喬喜歡讀書和寫作，也是整個故事的靈魂人物；老三伊莉莎白，簡稱貝絲，十三歲的她身體不太好，個性害羞，所以待在家裡休養和做家事，很喜歡彈鋼琴；老么艾美十二歲，是故事中唯一需要上學的人，很有繪畫天分，不過她年紀最小，或許被寵壞了，性格有些驕縱任性。

我第一次讀《小婦人》時，比故事中的艾美年紀還要小，不過也是天天要上學，故事裡的她們對我來說已是小大人，雖然還無法獨當一面，物質生活不充裕，但是姊妹之間打打鬧鬧、互相扶持的劇情感覺很熟悉，是我生活中每天上演的情節。不過她們討論聖誕節時的禮物，在鋼琴間彈奏唱歌，和鄰居們一起舉辦宴會、表演話劇等熱鬧又有趣的事，滿足了我對異國少女生活裡有些什麼的好奇心。那時我還經常想像著四姊妹裡我最喜歡誰？幻想自己是故事裡的哪一個角色呢？

真實生活中，我只有一個姊姊，於是我下意識的覺得大姊瑪格麗特與我無關；我小時候長得像男孩，並且經常在讀書，但不如喬那麼活潑外向；我的身體也不太好，曾有生病兩、三個星期甚至請假一個月的經驗，這點和貝絲很像，可我不像貝絲那麼害羞怕生；小時候我也喜歡畫畫，也有點老么性格，但驕縱的艾美在故事裡似乎不是個討喜的角色……，喬、貝絲、艾美，是誰好呢？想來想去，直到現在，我都還沒有理出結論來。不過，故事裡的喬和貝絲個性互補，感情最好，讓我很認同，我常想幫她們兩個加油。

一個好的故事，對人物的刻畫要鮮明，對情節的安排也要讓人印象深刻，我想《小婦人》就是個好例子。第一次讀這本書到現在，已有三十年以上的時間了，不過每次一提到這個故事，我還是能回想出四姊妹的模樣——雖然她們不是真實的人物，但我當年讀這本書時所想像出她們的樣子，至今仍在我心中栩栩如生。書中幾個重要橋段，至今也還能如數家珍。

而在這個故事裡，也呈現了世上所有家庭的縮影，雖然是一家人，但是個性並不會一樣，每個人都會有自己擅長和不擅長的事，有個性上的優點和缺點，身體的狀況也不相同。或許健康或許生病，或許悲傷，或許開心，有平淡如常的日子，也有歡樂的節慶，家人之間互相體諒、互相扶持，就是人生中最值得珍惜的事了。據說作者露意莎·梅·奧爾科特也是以這種心情，寫下這部可愛溫馨的小說。

我很誠摯地把這本書推薦給你，快來認識《小婦人》裡的四位少女，相信你一定會在其中某個角色裡找到和自己相像的，或是和自己兄弟姊妹相像的特質；也或許有一天，你可以把你的成長故事寫下來，變成美好的記錄和回憶唷！

【作者簡介】

小歐

六年級生，水瓶座，歷史系碩士。

一直很想以人類之姿，看懂靈魂的事，透過寫作來梳理自己想像的可能。平日靠當上班族、讀書、看日劇來靠近世界，偶而旅行。曾在出版社、NGO組織、美術館工作，走過兩趟四國遍路，主持「四國遍路同好會」臉書專頁。

著有《9個故事》、《遍路：1200公里四國徒步記》、《小跳舞人》。

這套世界文學包含了多元的文化與各地不同的風景與習俗，當你徜徉在《小婦人》故事情節中時，是否也運用了你敏銳的觀察力，發現哪些是與自己的生活很不一樣的地方呢？以下幾個問題將幫助你試著發表自己的心得或感想。現在就讓我們穿越文字的任意門，一起開始這趟充滿勇氣、信心與感動的旅程吧！

問題1　四姊妹有什麼特徵？分別有又什麼興趣或專長呢？

問題2　找一找「人物描寫」可分成幾種？試著分享找出本書中你最喜歡的描寫例子。說說看為甚麼？描寫人物可從直接、間接、外貌、言語、動作、情節等方面

（張清榮，少年小說研究，2002年）

問題3　艾美為了搏得同學的注意，帶了什麼違禁品去學校？你們班也有流行嗎？（食物、遊戲、文具……）試著分享你們班上的流行趨勢？

問題4　馬其夫人怎麼處理生氣的情緒？你生氣的樣子又是如何？你也有處理脾氣的好方法嗎？

問題5　小婦人一家人的生活平淡且溫馨，家人永遠是自己最堅強的後盾，說說看你們家有什麼特別令你感動的時刻嗎？為什麼？

日文版譯者

中山知子（1926-2008）

1926年生於東京都。日本女子大學畢業。

童謠詩人、翻譯家。

從事兒童文學的創作與翻譯，參與NHK兒童節目的歌詞翻譯與創作工作。

翻譯作品相當豐富，主要譯作包括《最後一片葉子》、《金銀島》、《快樂王子》等等。

中文版譯者

張婷婷

熱愛翻譯與日劇的雙胞胎媽媽。

從事翻譯工作超過十年。譯有《悲慘世界》(小木馬文學館)、《母親這種病》、《給桃子的信》等。

封面繪圖：Lynette Lin

封面設計：倪龐德

地圖與註解小圖繪製：陳宛昀

彩色插圖繪製：Tzuling Lin

小婦人
若草物語

原著作者：露易莎・梅・奧爾科特（Louisa May Alcott）
＊日文版由中山知子譯自英文
譯者：張婷婷

社長：陳蕙慧
副總編輯：戴偉傑
責任編輯：王淑儀（二版）

讀書共和國出版集團社長：郭重興
發行人兼出版總監：曾大福
出　　版：木馬文化事業股份有限公司
發　　行：遠足文化事業股份有限公司
地　　址：231 新北市新店區民權路 108-2 號 9 樓
電　　話：(02)22181417　　傳　　真：(02)8667-1891
Email：service@bookrep.com.tw
郵撥帳號：19588272 木馬文化事業股份有限公司
客服專線：0800221029
法律顧問：華洋國際專利商標事務所　蘇文生律師
內頁排版：中原造像股份有限公司
印　　刷：中原造像股份有限公司
小木馬悅讀遊樂園：http://www.facebook.com/ecuschildren

初　　版：2017 年 2 月
二版一刷：2019 年 11 月
定價：320 元
ISBN：978-986-359-740-7

21 SEIKI-BAN SHOUNEN SHOUJO SEKAIBUNGAKU-KAN [09]
《WAKAKUSAMONOGATARI》

國家圖書館出版品預行編目（CIP）資料

小婦人／露易莎．梅．奧爾科特作；張婷婷譯．
-- 二版．-- 新北市：木馬文化出版：遠足文
化發行，民 108.11
面；　公分
ISBN 978-986-359-740-7（平裝）

874.57　　108017929

我的第一套

世界文學

在故事裡感受冒險、正義與愛

日本圖書館協會、日本兒童圖書出版協會、日本學校圖書館協會

——共同推薦優良讀物——

小木馬